離島無常

宇世知 茎
UYOCHI Kei

文芸社

この物語は事実を参考にして
筆者が創作したものです。

八丈島――

今や東京にあるリゾートアイランドとして、また古くは関ヶ原敗軍の将宇喜多秀家の流刑地となって以降「流人の島」として、知られている。しかし、この島を支えてきたのは古くから住んでいた数千人の普通の島の人たちである。流人でさえも優しく受け入れた善良で誠実な島の人たち。この物語の主人公も離島八丈島に生まれた普通の島の人である。

離島無常 ◆ 目次

登場人物家系図

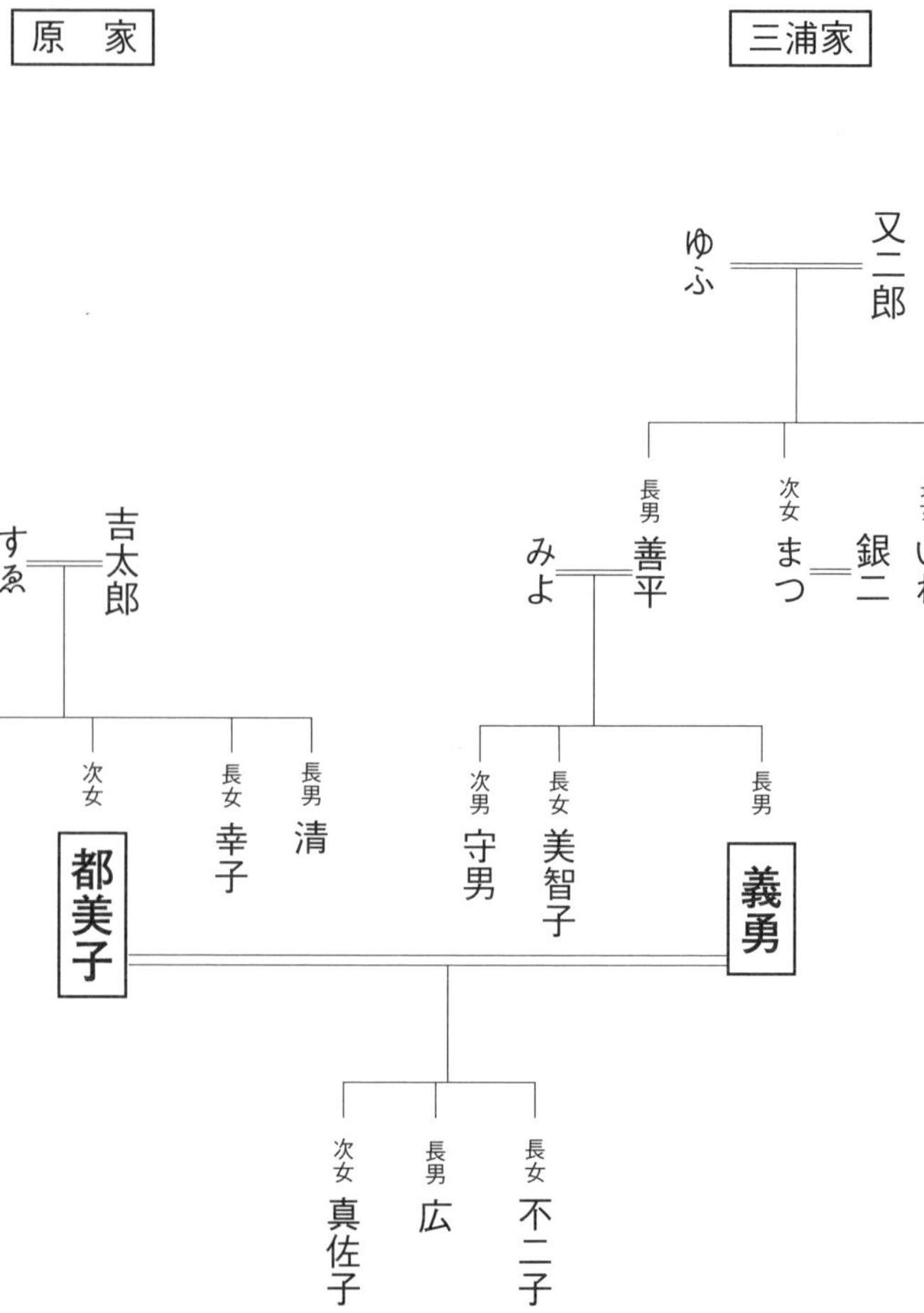
原　家
吉太郎
すゑ
長男 清
長女 幸子
次女 都美子
三女 良子
三浦家
又二郎
ゆふ
長女 いわ
銀二
次女 まつ
長男 善平
みよ
長男 義勇
長女 美智子
次男 守男
長女 不二子
長男 広
次女 真佐子

1　義勇

「みよさん、いわの乗った船が明日来るって」

姑のゆふが言った。みよは返す言葉がなかった。小さく「はい」と言うのがやっとだった。

いわは、ゆふの長女で東京の大きなせんべい屋に嫁いでいたが、まだ子供はなかった。しっかり者でゆふの自慢の娘である。

大正の初め、月に二回だけ東京から不定期で船が八丈島に通っていたが、その船で明日、いわが東京から帰省してくる。そして、いわは、みよの最初の子供である義勇《よしお》を東京に連れて行ってしまうという。

二歳になった義勇は何も知らずに、ようやくしっかり歩けるようになった足で、みよの周りで機嫌よく歩いたり走ったりしている。

「畑の草取りをしてきます」

ゆふにそう言って、みよは義勇の手を取り、山の畑まで一緒に歩いた。

畑に着くと、周囲に誰もいないことを確かめ、みよは義勇を抱きしめ嗚咽を漏らし始めた。大きな瞳から涙があふれ出た。みよの涙が頬ずりをしていた義勇の頬も濡らし始めた。義勇はそれをいやがり、みよから離れようとした。みよも義勇を抱いていた腕を緩めた。義勇は一度離れたが、泣き顔の母を見て両手を母のほうに向け走り寄ってきた。みよは義勇を抱きながら、また嗚咽をこらえることができなかった。みよの泣き顔を見て義勇も泣き出した。

＊　＊　＊

みよは、島の南端の村、末吉村《すえよしむら》の貧しい家の出で、二重瞼のくりっとした可愛い娘である。尋常小学校に数年行った後、十歳になると村長の家に女中奉公に出された。

村長は、牛の取引でこの村一番の財をなし、大きな屋敷を立て数人の女中や使用人を使っていた。

ある日、島の中心部にある大賀郷村《おおがごうむら》の三浦善平《みうらぜんべい》という若者が、牛の売買のことで五里（二〇キロ）の山道を牛に乗り訪ねてきた。善平は最初に対応に出たみよを見て一目で好きになった。愛くるしい瞳と落ち着いた立ち居振る舞い、どこか愁いをおびた雰囲気に魅せられた。その後、大した用事などなくても、善平はなんだかんだと理由をつけ、遠い山道を苦とも思わず村長の家をたびたび訪ねてきた。

そうして二人は恋仲となった。

善平は姉二人をもつ三浦家の末っ子で長男である。姉たちは二人とも東京へ嫁いでおり、母ゆふと二人暮らしであった。父、又二郎は、善平が九歳の時に他界していた。善平の家は島の代官につながる古き家柄の末裔で、母ゆふも別の古き家柄の出身ということもあり、貧しく苦しい生活であったが、ゆふはいつもそのことを誇りに思っていた。

長男である善平は当時、ゆふの親戚筋の娘と見合いをさせる話が進んでいた。狭い村ゆえ善平はその娘のことを少し知っていたが、残念ながらその娘にまったく魅力を感じていなかった。そんな時に出会ったのが遠く離れた村のみよである。

　善平とみよは結婚の約束を交わした。この時代にはめずらしい恋愛結婚をしようとしていた。幕末生まれのゆふにとって恋愛など、とても汚らわしいものであり、ゆふの理解を超えるものであった。ましてや、みよの血筋を聞けば、三浦家とあまりにも違う。家柄が釣り合わないことがゆふにとって一番の問題であった。毎日、善平とゆふは言い争いとなったが、善平の意志は固いものであった。

　家柄、家柄とはいうものの、今の三浦家は、わずかな頭数の牛を飼い、小さな畑を耕し、海で突いた魚をおかずにやっと食べていけるほどの貧農である。ゆふは善平なしで生きていけないのは明白で、みよと結婚するという善平の強い意志を認めざるをえなかった。こうして善平はどうにかみよを嫁として迎えることができた。

　しかし、ゆふは、二人の結婚は認めたものの、みよを快く迎え入れる気持ちにはなれず、何かとみよにつらく当たった。ゆふは武家の末裔であることを誇りに思い、切り髪を結い、食事は箱膳であった。この時代の八丈島では、囲炉裏の縁や土間で大皿を置いて皆でつつきあうような食事が普通であった。ゆふは、みよに髪を結わせ、食事は箱膳で出すことを命じていた。嫁というより女中として扱った。しかし、みよにとっては村長宅での給仕と変わらず、それほどの苦ではなかった。

善平とみよはすぐに男の子を授かった。菩提寺の住職により義勇と名付けられた。三浦家の大事な跡取りである。ゆふは生まれたばかりの義勇の顔を見ると、善平の結婚に反対していた時の気持ちがむらむらとよみがえった。自らが固く信じている「家柄」に固執し、三浦家の跡取りをみよには育てさせないという思いにとらわれた。

「無学のみよのようなものに義勇を育てさせるわけにはいかないよ。お乳をあげるのはしょうがないとして、乳離れしたら東京のいわの家で育てさせる。あの娘は、私のしつけをきちんと守るいい娘だったし、東京に嫁に行ってからもいろいろ習い事もさせてもらっていたようだから、三浦家の跡取りを育ててもらうには丁度いい」

「おっかさん、それはちょっとひどいんじゃないか？　みよは何と言っても義勇の母親だよ。跡取りとかしつけとか言うのなら、俺もおっかさんも一緒に義勇を育てればいいじゃないか」

善平は反対した。異を唱える善平に対してゆふは聞く耳を持たなかった。

「何を言ってるんだい！　私はもう年でいろいろ世話はやけないし、お前は仕事で義勇とずっと一緒にいられるわけがないじゃないか。義勇はずーっとみよと一緒にいることになるんだよ。それじゃあ、良いしつけができるわけがないよ。善平、お前のみよとの結婚が大本《おおもと》の原因だった、しかし、私はやむなく許してあげたのだよ。今度は私の言葉を聞き分けてくれる番ではないのかい？　ましてや三浦家の将来を考えてのことなのだから」

庭に洗濯物を干し終わったみよは家の土間に入りかけ、この親子の会話を聞いてしまった。寝ていた義勇を抱き上げると、義勇の小さな手がみよの乳房をまさぐってきた。義勇に乳を飲ませた。義勇の手の感触を愛おしく感じながら、みよは義勇と引き離されることなど想像できず、義勇を抱く手につい力がこもった。するとむずかる義勇の声を聞き、ゆふが障子を開けた。

「あっ、みよさん、そこにいたの？　私の話が聞こえていたら面倒がなくてよかった。赤ん坊はいろいろ覚える時が一番大事で、そこを東京のいわに育ててもらえば、三浦家の総領息子として立派に育つと思うの。今じゃないよ、義勇が二歳くらいになってお乳から離れるころ、東京へやりましょう。あなたも楽になっていいじゃないか」

みよと善平は、もちろん、ゆふの考えには反対であったが、「今じゃない」という言葉で、少し先の話であることもあり、その時はこのまま話は終わってしまった。

しかし甘かった。それから一年半ほどの間、ゆふは東京のいわに何度も手紙をしたため、いわの夫や嫁ぎ先の了承も得るという形で、義勇を東京へ送る算段を立ててしまった。

＊　＊　＊

大正二年五月、穏やかな日にいわが東京からやって来た。善平、ゆふ、みよに会うのは結婚式以来のことである。

朝、八丈島に着いた船はその日の夕方すぐに東京港へと出帆する。次の東京行きの船は少なくとも二、三週間後になる。天候によっては一か月も来ない場合もある。いわは、東京の家をそんな長い間放っておくわけにはいかないとのことで、来た船でとんぼ返りをすると言う。

いわは、数時間の島の滞在であるが、久しぶりの実家で母や弟と会うことができ楽しそうであった。しかしみよとは初対面のようなもので、ましてや、可愛い盛りの義勇を連れて行ってしまうと思うと、みよにとっていわは悪魔のようにも思えた。どうしても、面と向かっていわを見ることができず、義勇を力強く抱きしめていた。

「みよさん、今はそうして抱いていていいけれど、あと小一時間もしたら、義勇を寝かせておくれ。いわが連れて行く時は寝ててくれるといいね。起きていて泣いたらみよさんもつらいだろうから」

ゆふがさらりと言った。みよはもはや発する言葉はなかった。


船の出帆が近づいたころ、うまい具合に、義勇は深く眠ってくれた。いわと義勇、それとゆふを善平が牛車で港まで連れて行った。みよは牛車に乗らなかった。港まで送りに行ったら生殺しの時間が長く続くだけであると思えたからだ。

牛車が家を離れ、みよは家に一人残った。それまで我慢していた涙が瞼からあふれ出た。思いっきり泣くことのできた一時間ほどであった。

半月後、いわからゆふに手紙が届いた。義勇は、あの日、船の中で目が覚め大泣きしたとのこと、東京に着くまで起きている間は泣き続け他の乗客からいやがられ、船室の外でなだめたりで、いわは大変な思いをしたが、東京に着いて二日ほどしたら、いわにはもちろん、いわの家族にもすっかり慣れて笑顔も見せるようになり、元気に過ごしていること、などがしたためられていた。ゆふからそれを聞かされたみよは、再び胸を締め付けられる思いで涙をこらえた。

＊　＊　＊

義勇を東京へ連れて行かれた次の年、みよは次男を授かった。秀二《ひでじ》と名付けた。ゆふは秀二の育て方については何も言わなかった。

次男が三浦家にできたことを知った東京のいわは、預かっている義勇をせんべい屋の養子にくれないかと手紙に書いてきた。すっかり私に懐いているし、可愛くて賢い子で、また島に帰すのは可哀想、などと言ってきた。今度は、善平が大反対をした。もともと三浦家の総領息子として教育をしてもらい、小学校に上がる時は島に返してもらう約束だったのだからいわの養子になんか絶対にしない、との強い意志を書き送った。

この時、ゆふは「向こうにすっかり可愛がってもらっているようだから、義勇がいわの養子となるなら、それでもいいかもしれないね」とつぶやいた。

それを聞いた善平は、

「そうすると、また総領となる次男秀二を東京のいわに預けるということになるね?」

あり得ないことと思いつつゆふに詰問した。

「うーん、もういいのではないか。みよも三浦家のことをよくわかってきただろうし……」

なにやら理屈ではわからないことをゆふは言っている。善平は、義勇を決していわの養子にしないことを強く決意した。

秀二の一歳の誕生日が過ぎ一週間ほど経った日、秀二は熱を出した。みよは風邪でもひいたのだろうと秀二に温かい砂糖湯を飲ませたりして看病したが、数日経っても秀二の容態はよくならず、むしろますます元気をなくしていった。そしてオシメは緑色のうんちで汚れ始めた。善平が、牛車で村にただ一人いる医師を連れてきた。しかし、その時はすでに遅く、秀二は泣き声も出さずに亡くなった。腸チフスであった。

みよにとって、義勇を連れ去られた痛みは秀二を育てることで大きく癒されていた。その秀二を今失ってしまった。みよはもはや泣くことはなかった。あまりの失望で涙を流すことを忘れたようであった。秀二を亡くしたことによって、東京のいわは義勇を養子にしたいという思いをひっこめた。

＊　＊　＊

義勇は、五歳になった夏に島に戻ってきた。義勇はすっかりいわに懐いており、いわと別れるのは悲しいことであったが、いわの説得で本当の父母の下に帰るのだということを頭で理解できる歳になっていた。だから口を一文字に閉じ泣かなかった。東京に迎えに来た善平に連れられ、いわとその家族と別れた。いわは大泣きしていた。

義勇は島に帰り、母の顔を見ても初対面のようで、いや義勇にとって二歳の記憶はなく初対面なので、母みよになじめなかったが、頭で理解するようにした。みよは三年ぶりに義勇に会ったのだが、二歳の時の面影はまだそのままあるものの、他人のようにも思え、義勇を抱き寄せることができなかった。手を取るだけの他人行儀のような再会であった。

――幼い義勇にとって、東京のいわの下での三年間は本当に意味のあったことなのか。

誰にもわからなかった。

みよは幼い義勇との別離と再会の時の気持ちを、生涯誰にも吐露したことはなかった。

*　　　*　　　*

尋常小学校四年になった義勇は、毎朝、牛小屋で牛の乳を搾ることになった。それまで畑仕事の手伝いはしていたが、日課として乳搾りをするのである。義勇の家は三頭の乳牛を飼っており、義勇が搾った乳を村の外れにある練乳工場に牛車で運ぶのは父善平の仕事である。小学校に入ったころから、義勇は善平から乳の搾り方を教わっていた。バケツを乳の下に置き、乳首の根元を親指と人差し指で作った輪の中に入れ、やや全体を引っ張りながら中指、薬指、小指の順に握っていく。乳がバケツに当たる音は爽快だった。教わった当初は、たった十回ほど繰り返しただけで、指が疲れた。四年生になり、どうにか我慢して続けられるようになったことが認められ、乳搾り係になったのである。

その朝、義勇はどうもおなかの調子がおかしかった。乳搾りの間もごろごろと具合が悪かったが、それでも我慢してやっと搾った牛乳がなんとかブリキバケツにほぼいっぱいになった。よしっと思って便所に飛んで行った。義勇が用をたしているさなか、ガシャンと牛小屋のほうで音がした。義勇が牛小屋に戻ってみると、なんとバケツは横になっており、今搾った牛乳が牛小屋の土と藁を濡らしていた。牛が後ろ足を引っ掛けて倒したらしい。

（あー、なんということだ！　乳の入ったバケツは牛から離しておけと、そう言えば父に言われていたのに）

しかし、あとの祭りとはこのことである。

善平もやって来た。しかし「ありゃ」と一言発しただけで、それ以外は何も言わなかった。義勇は「ごめん、気を付けていなかった」と謝った。義勇は善平から大声で叱責されず、何事もなく去っていく父の背中を見て、大いに反省した。怒鳴られるよりも少し怖かった。義勇の反省の気持ちは、善平に何も言われなかったことにより、より深く刻まれた。義勇はこの不注意が貴重な現金収入を確実に減らしてしまったことを理解していた。結局その朝は、バケツ一杯分少ない牛乳を善平は工場へ運んだ。

その後、お腹の具合もそれほど悪化せず、朝食の里芋を食べ、学校に行った。

ここ大賀郷村の尋常小学校は、明治節の十一月三日の翌日に運動会を行うことになっていた。十月から各学年ごとに準備や練習を始めていた。クラス全員が参加する徒競走があるのだが、義勇のクラスは今日、その練習である。

義勇は、かけっこはそれほど遅いわけでもないが、根っからの臆病もので、スタートのピストルの音が大嫌いだった。一組五人で次々に走る。義勇は五組目であった。お腹の具合が少し悪いうえ、スタートが近づくにつれ、小便もしたくなった。練習前に便所に行ったばかりなのだが。とうとう、義勇の組がスタートする番になった。

「よーい！」

先生の大きな声にぶるっと震え、ああ、あのピストルの音がもうすぐ鳴るぞ、と思うと耳をふさぎたくなった。そこを耐えるため必死の形相となった。「鳴るぞ、鳴るぞ」と心の中はそのことだけでいっぱいになってしまった。

バーーーーン！

（うわー、鳴った！）

義勇はぶるっと震え、一呼吸した。他の子供たちはとうに走り出している。そう気づいてから義勇は駆けだした。必死に走った。スタートはもちろんビリだったが、なんとか二人を抜き、その組の三等に入った。

幸いなことに義勇のこの臆病さには先生も仲間も気づいてはいなかった。義勇だけは、俺は怖がりだな……と一人反省していた。

運動会当日、同じことを繰り返し、やはり義勇はその組の三等だった。

「よっちゃん、遊ぼう」

十二月のある日、近所に住む義勇の同級生、宮川清之助がめずらしく遊びに来た。義勇は畑の草取りの手伝いも一段落したところなので、丁度よいところであった。

「ああ、せいちゃん、いいよ。何して遊ぶ？」

と訊くと清之助はいきなり、「めしのり、くれよ」と唐突に言った。めしのりとはご飯粒のことである。

正月が近づくと、八丈の子供たちは、為朝凧《ためともだこ》を揚げて遊ぶことが一番の楽しみだった。為朝凧は源為朝の顔、歌舞伎役者のような勇ましい風貌の顔を表面に描き、縦に長い長方形の凧で、多くのやや長い糸目を付けることにより尾っぽを付けずとも安定して空に揚がる八丈独特の凧で、八丈凧とも呼ばれている。

凧はすべて手作りであった。山から取ってきた篠竹で竹ひごを作り、それを外側の四角い枠と内部にめぐらせた数本の張りにし、形を整え、そのうえに為朝の顔を描いた和紙を貼って作るのである。和紙を貼るのに糊は必須で、ご飯粒の糊、めしのりが最上の糊であった。

この時代、八丈の島民の主食はイモ類が普通で、里芋はたいていどこの家庭にもあり、里芋もこの凧作りの糊として使われることもあった。しかし、その粘着力、保持力は弱く、一時凧の形はできるものの、揚げると凧がすぐに分解してしまう。そこでめしのりが欲しいのである。

清之助の家は義勇の家よりも貧しく、白米をほとんど食べることのない家のため、飯粒をもらいに来たのである。

「なあんだ、せいちゃん、凧を作りたいのか」

義勇は、めしのりと聞いてすぐに凧を作るんだなとわかった。義勇の家も貧しいが、週に何日かは白米のご飯を食べることができた。それは父善平の酪農による現金収入があったからである。義勇に頼まれた母みよは、ご飯一口分ほどをお櫃から取り出し、閑所柴《かんじょしば》（ガクアジサイの葉っぱ）に包んで渡してくれた。清之助に渡すと「おー」と言ってお礼も言わずひったくるようにめしのりを取り、帰って行った。

（なあんだ、遊ぶわけでもなかったのか）

義勇は清之助の後ろ姿を見送った。しかし、小一時間もしないうちに、清之助はまたやって来た。

「妹がさ、めしのりを食ってしまったので、また少しくれないかな」

みよは黙って、今度は半茶碗分ほどを閑所柴三つに分け、清之助に渡してやった。

その後、清之助が凧を揚げている姿を義勇は見たことはなかった。

その年の十二月、義勇の祖母ゆふが亡くなった。義勇は初めて身近に人の死を経験した。

ゆふは義勇にとって面倒な祖母であった。小学生となった義勇をしばしば自分の前に座らせ、座り方の作法や挨拶の仕方をしつけ、「我が家は三浦義澄《よしずみ》の末裔であり、誇り高く生きなければならないのだよ」と教えた。最初のころ、何を意味しているかもわからなかった義勇であるが、この言葉は、ゆふの口から亡くなるまで何十回と聞かされた。

後に、義勇は三浦義澄が鎌倉時代の有名な武将であることを知り、それはすごいことだと少なからず誇りを感じ、徒競走のピストルの音などにびくびくしていたらご先祖様に申し訳ない、と自省した。こんなこともあったせいか、ピストル音に対する恐怖は、五年生になるといつしか消えていた。

しかし、その後、ゆふに教えられた先祖の三浦義澄とは、この鎌倉時代の有名な武将ではなく、八丈島にいた同名の代官であることを知った。ただ、義勇の中では、いずれにしても遠い昔の人物で、落胆するようなことでもなかった。だから、普段はそんなことは頭の片隅にもなく、ゆふが亡くなったことでふと思い出すようなものであった。

家柄云々よりも、義勇にとって家の暮らしの貧しさが気になった。義勇の下に彼が小学校二年の時に生まれた妹美智子、最近生まれた弟守男がおり、五人家族は、牛三頭ばかりのかろうじて酪農といえるかどうかの現金収入の他、小さな畑での百姓仕事で芋や野菜を作る生活であった。善平が海へ出かけ素潜りで魚を突くこともあり、なんとか飢えないでいられる生活であった。

2　佐藤先生

尋常小学校四年の三学期、義勇のクラスに山下武雄という転校生が入ってきた。武雄の父は東京府八丈支庁の公吏であった。武雄は義勇の隣の席になり、何かと話すことが多く、気の合う友達になった。

数日後、下校の際、武雄の家に寄った。新築の支庁官舎で、木の香りのする、義勇にとっては見たこともないモダンな家であった。奥の和室が武雄の部屋であるという。義勇にとって自分の部屋という概念を初めて知った瞬間であった。そこには本棚があり、まるで学校の図書室のようだと思った。

武雄は義勇に本を貸してくれると言う。少し本を読んでみた。それまで教科書以外、本などというものは手に取ってみたことはなかった。大正の終わるころ、漫画はなかったが、講談を子供向けに書き下し、挿絵を入れた本が大いにはやっていた。立川《たつかわ》文庫といった。義勇の家は貧しいので、そのような本を買ってもらうこともなかったが、武雄の家には何冊もあった。

その日以来、武雄の家に行っては立川文庫を何度となく借り読んだ。

――猿飛佐助、霧隠歳三、忍者もの……。なんと読書とはおもしろいものであろうか。読書の楽しさを知った瞬間であった。

学校から帰れば、牛の飼葉を集めたり、世話をしたり、農作業をしたりと、父の手伝いの日々ではあったが、時間を見つけては文庫を読み漁った。小学校もほとんど出ていなかった母みよは、息子が本を読んでいるところを見て、なんとよく勉強をする子供かと目を細めていた。

ある日、義勇が好きだった佐藤先生の読み書きの授業中、先生が黒板に漢字を書き始めた。

「『主水正』『主税』『三好清海入道』『筧十蔵』――これを読める者はいるか？」

これらの漢字は、立川文庫の中に出てくる、勇ましかったり、賢かったりして大活躍する大好きな登場人物の名前であった。義勇は「はい」と手を挙げ、得意になって、「もんどのしょう、ちから、みよしせいかいにゅうどう、かけいじゅうぞう」と大きな声ではっきりと読み上げた。そのとたんである。

「ばかものー！　そのようなつまらん本ばかり読んで、何をしているんだ。今日、授業が終わったら、職員室へ来るように！」

（なんという、理不尽なことだろう。先生の質問に答えただけなのに、それも正解のはずだ、間違っていないのにこの怒られようは何なんだ？　目が白黒するとはこのことだ）

休み時間になり、武雄が言った。

「よっちゃん、ごめんよ。あれ、僕の本で読んだやつだよね。僕も手を挙げようと思ったけれど全部は読めなくて。よっちゃん、すごいね。全部憶えてたんだ」

「いや、君が謝ることはないよ。でも、武ちゃん、手を挙げなくてよかったね。あれはそんなに悪い本なのかなー。すごくおもしろかったのに」

義勇は、その日の下校直前、しぶしぶと佐藤先生を訪ねた。すると不思議なことが起こった。少し、笑みを含んだ佐藤先生は、

「義勇なあ、お前は読書も好きで直観力もあり、なかなか見どころもあるのだ。だから、そんなつまらない文庫ばかり読むのではなく、世の中には良い本がたくさんある。先生のところにも少しはある。いつでも貸してやるからそういうものを読みなさい。そのうえできっとわからない言葉などが出てくることもある。そういう時は、この辞書で調べれば、難しい言葉も理解できるようになる。この辞書は君にあげるから、これで調べながら良い本をたくさん読んでみなさい」

これが、義勇が初めて辞書と出合った時であった。

もらった辞書と一緒に義勇が先生から借りた本は、ヴィクトル・ユーゴーの翻訳本『レ・ミゼラブル（ああ無情）』であった。初めて見る立派な本。挿絵もほとんどない、字の小さな本。

読み始めた。とっつきにくいものではあったが、よく読んでみると、考えてもみな

かった新しい世界が浮かんできた。

島から、日本から、遠く離れた国の物語で、読書により遠く羽ばたくことができ、時代も超えて見たこともない世界を、本の中に見ることができた。

義勇にとって初めての体験であった。もちろん、理解不能な部分も多かったが、辞書を使いながらだんだんと読書の楽しさを知った。


読書もさることながら義勇は運動も好きであった。徒競走のピストルは嫌いではあったが、体を動かす楽しさは知っていた。特に、テニスは小学校高学年から高等小学校にかけて熱心に行った。

日本は一九二〇年のオリンピック・アントワープ大会で熊谷一彌選手が日本初の銀メダルに輝いたことから、全国でテニスが盛んになった。この八丈島も例外ではなく、多くの学校にテニスコートができた。日本は主に廉価なゴムボールを打ち合う軟式テニスを発明した。この発明も貧しい日本におけるテニス普及の大きな要因であった。

義勇はすぐにうまくなり、軟式テニスが好きになった。

3　離島

山の畑は水はけもよく、この年はサツマイモがよくできた。

義勇は、イモおおよそ五貫目（一九キロ）を掘り出し、荒縄で作った大きなずた袋に入れ背負った。半里（二キロ）先の自宅まで運ぶのが、父親善平との約束であった。

＊　＊　＊

島の高等小学校に通う義勇はどうしても東京に出たかった。小学校高学年から成績はよく、東京の学校に進むのが夢だった。その当時、八丈島大賀郷村の高等小学校の子供で成績一番の子供は、将来、島の教員となるべくある程度の奨学金をもらい、師範学校に進む道があった。初等教育に力を入れた教育人材を育てる日本の国策であった。

先生という職業は島の子供にとってあこがれであった。村の人皆が「先生、先生」と呼び、ぺこぺこと頭を下げている。大変尊敬されていることは子供の目から見ても明らかで、まぶしい職業であった。島では、教員以外に子供があこがれをもち、給料をもらえる職業などほとんどなかった。

義勇は自分の成績が良いことを自覚していたので、自分が奨学金受給資格者に相当するのではないかと期待していた。義勇のクラスには、自分より明らかに成績は下なのだが、家が大地主の正治《まさはる》がいた。正治の母親は毎朝新鮮な卵を担任の工藤先生に届けているのを義勇は知っていた。その他にも正治の母親が工藤先生のところに何かを包み、足しげく通っているのは子供たちの間では有名なことであった。

高等小学校からの師範学校入学推薦書の時期は九月であった。

二学期に入りすぐのころ、義勇は工藤先生に呼ばれた。

「義勇よ、お前はよく頑張って、いい成績で卒業できそうだ。ほぼ一番の成績だが、もう一人、正治もいい成績を取っている。二人とも一番だ。ほんの少しの違いなのだが、正治は一番の甲、お前は一番の乙ということになる。そこで、村からの師範学校への推薦は、正治にやることになった。お前にとっては残念なことだが、同じ一番なのだから、がっかりしないように今後も頑張れよ。一応、知らせておく」

義勇は子供心に、なぜわざわざ呼び出してこんなことを知らせるのだろうと思った。工藤先生が自らの後ろめたさを薄めるため、義勇に話したのだということを、義勇が理解するのには、もう少し時間が必要であった。

義勇は、奨学金はないが、なんとか東京の学校に進みたいということを父善平に懇願した。

義勇の家は牛飼いと山の狭い畑の農業で生計を立てていた。善平は牛を育て、牛乳を搾り、時に牛を東京に売りに行くことで現金収入を得、その他、農業と素潜りで魚を突くなどで子供を育て、貧農と言えるような生活であった。そして牛飼いの後を継ぐことが長男である義勇の当たり前の将来であった。

善平は、義勇からの懇願をどうすべきかと悩んだ。なんとか夢を叶えてやりたいとも思っていた。善平の姉いわのところに再び預けることもできたかもしれないが、みよにつらい思いをさせた十数年前が思い出され、いわには預けたくなかった。善平のもう一人の姉まつは東京下町の肉屋に嫁いでいた。その姉に相談すれば、道は開ける可能性はあるかもしれないという淡い期待はあった。

しかし、義勇からの懇願をそのまま簡単に受けることは気が引けた。義勇は長男であり、妹や弟とは区別して特別に上の学校へ行かせること自体はこの時代の家庭として不自然なことではなかったが、何か一家の生活に貢献する象徴的な仕事をできたらという条件を義勇に課したいと思った。

（何を課すべきか……）

生活の中で重要なことは体力である。義勇の東京へ出たいという気持ちが生半可なものでないということを試すために、善平は義勇に少しきつい課題を与えようとした。

（東京に出て勉強するだけではすまない、姉まつの肉屋の手伝いなど、なにがしかの肉体労働をしなければならないだろう。そのためにも小さい時からややひ弱で臆病に

見えた義勇に、体力的な自信を持たせて送り出すことも、義勇にとっていいことかもしれない）

そして思いついた。丁度サツマイモの収穫時期となり、山の畑から自宅に運ぶ仕事があった。普段なら飼っていた牛の背中に積んで運んでいたものだが、五貫目ほどを十三歳になった義勇に自らの力で半里の道を運べるかを試すこととした。

＊　＊　＊

その日はよく晴れていた。十一月初めだが、八丈島では快晴の日はまだ暑い。

五貫目のずた袋を背負子《しょいこ》なしで担ぎ上げた義勇は、それほどの苦もなく歩き始めた。しかし、少し歩いたところですぐに汗だくになった。それでも、しばらくは余裕をもって歩けた。

数百メートルを過ぎたころ、十三歳の小さな肩にかかる五貫目は容赦なく義勇を痛めつけ始めた。山からほぼ下りではあったものの、家まであと数百メートルのところに長くはないが上り坂があった。ずた袋を背負う体力が尽きかけていた。そしてしばらく休んでしまった義勇には、もはや、ずた袋を背負う力は湧いてこなかった。

——ここで挫けて父親との約束を破ってしまうのか。将来の道を初めて自分の意思で決めて進もうと思った意気込みはなんだったのか？　こんなことでは、自らにはもちろん、父親にも申し訳が立たない。

坂の途中には小さな祠があった。この島には、あちこちに道祖神というほど立派ではないが、小さな祠がそこここにあり、島の人々の信心深さを物語っていた。

義勇はかつて何かの用事で母みよに連れられここを歩いている時、小便がしたくなり、この祠の横で用を足そうとした。すると、みよは「そんなところで用足しするとバチが当たるよ！」と義勇に告げた。義勇は数メートル離れた草むらでなんとか用を足したが、神様とは何だろう、とふと考えた。そこここにある神々とは、「ここでは××をしてはいけない！」「そんなことをするとバチが当たる」など、みよに限らず大人たちはいつもそんなことを言っていた。

（神様は僕らをこらしめることばかりするものなのか。神様のおかげで何かいいことが起こったり、幸せになったりすることがあるのだろうか）

こんな思いが心の底に蓄積していた。

しかし、人間とは神頼みをする時はするのである。芋を運んでいた十三歳の義勇は、その時、祠に気が付いた。力尽きていた義勇は神を拝む気になった。両の手を合わせ深く一礼すると、少し力が湧いてきた。

義勇はずた袋を引きずり始めた。ずるずると引きずると、火山礫がところどころに散らばる八丈島の道では、ずた袋はすぐにすり切れてしまう。引きずる場所を替えたり、時々持ち上げたりしながら数百メートルを進み、どうにか運び終えることができた。

家に着くと善平は牛の世話をしており、帰ってきた義勇に気づいたが、すぐに牛小屋の中に入ってしまった。しばらく二人とも無言ではあったが、いずれにしても義勇にとっては東京に行けるという確信を持てた瞬間だった。


島を出る日は少し寒い曇天であった。

母みよの作ってくれた貴重な大きな握り飯一つとふかし芋、善平のくれたわずかなお金を懐に持って、義勇は父親善平と港へ向かった。善平は港まで来て見送ってくれたが、みよは「港へ行くと号泣してしまうだろうし、それを他人に見られるのも恥ずかしいので」と言って家で別れた。みよにとって義勇との別れは二度目である。乳児の時、無理やり引き離された理不尽な思い出を掘り起こされるような胸の内だったのかもしれない。

そのころ、島には横付けできる大きな港がなく、本船は沖合で停泊し、島の岸壁から本船へは小さな引き船に引かれた艀《はしけ》が往復し、荷物や乗客を運んだ。

艀に乗り移った義勇は父親善平に小さく手を振り、島を離れた。沖合の本船に近づくとすでに島の港にいる人影は小さくなって見えず、見慣れた島山も見る方向が違うせいか初めて見る変な形をしていた。

島を一人で初めて離れる義勇にとって、この別れに、泣きたくなるような悲しい感情はなかった。その代わり大きな不安と途方もない夢と将来への期待で、小さな胸は複雑な力で押しつぶされそうになっていた。それは生まれて初めての異質な恐怖のようにも感じる妙な心持ちだった。

4 ジンボウチョウ

善平は息子の義勇を、東京のまつの家で学校に通わせてもらいながら、その他の時間に丁稚奉公させ、上の学校に通えるよう頼んでいた。

まつは、善平のすぐ上の姉で、東京下町の三ノ輪橋にある肉屋に嫁いでいた。義勇には善平からの定期的な仕送りがあるわけではなく、まつの肉屋を手伝うことで学校に行かせてもらうことになっていた。長姉のいわと同じくまつにも子供がなく、将来的には義勇に肉屋の後を継いでもらうことも考えていたのかもしれない。しかし、それは漠然とした期待に過ぎず、そんな約束をして義勇を引き取ったわけではなかった。

もともと周囲を気遣い、状況の把握の速い、今の言葉で言えば、空気を読むのに長けていた義勇は、よく働いた。

伯父の銀二は優しい人ではあったが、下町の肉屋の仕事は甘くはなかった。銀二に教わりながら覚えた日課は、細い体の義勇にとってはかなり堪えるものだった。何しろ、島とはあまりにも違う下町の環境の中で、最初は戸惑うことばかりであった。朝の三時に起き、大八車を一キロほど引いていき、解体されたばかりの肉を積み、引き戻ってくるのである。帰った後、銀二に従い大きな肉の塊を売り物にできるよう切っていき店頭に並べる。それが終わって朝食である。義勇の仕事は、主にこの朝の手伝いだけであったが、慣れるまではつらいものであった。

朝食が終われば、中学校への通学である。義勇は島から上京した三月、上野にある東京市立第二中学を受験し合格していた。伯母の肉屋から市電に乗ってすぐであった。

＊　＊　＊

市立二中へ通い始めると、同級生は皆、都会育ち、というより下町育ちの江戸っ子であった。義勇は初めて、都会の同級生と相対することになった。島にいた高等小学校の同級生とはまったく違った。会話のスピード、素早い身のこなし、こぎれいな服装、カルチャーショックである。皆、自分より賢そうに見えた。周辺は何しろ口の立つ、頭の回転の速そうな者たちばかりに思えた。

「おい、お前、どっから通ってるんだい？」

登校初日に隣に座っていた同級生がいきなり尋ねてきた。義勇は「三ノ輪のほうから」と答えた。

「おっ、三ノ輪か。俺もよ、叔父貴が三ノ輪にいるんでよく遊びに行ってたよ。で、小学校はどこだったんだい？」

続けて聞かれた。

「小学校というより、高等小学校に行っていたんだ。八丈島の」

義勇が答えると、

「おっ、じゃあ、俺より年上だな。八王子だって？　ずいぶん遠いじゃねーか。引っ越してきたのか？」

どうも八丈島が八王子に聞こえたらしい。義勇は「伊豆七島の八丈島」とゆっくり

答えると、

「えー！　こりゃ、びっくり。あそこは流人が流されるところじゃないか。普通の人も住んでるのか？　それともお前、流人の子供か？　いずれにしてもすげーとっから来たんだな」

ぽんぽんぽんぽんぽんと立て続けに無礼な言葉を無礼とも思わず質問攻めするこの男は金子といった。

「流人の子孫じゃないよ。それに流人は明治になって赦免を受けて皆、東京に帰されたよ」

義勇は必死に答えた。金子は、その答えを聞いているのかいないのかよくわからないが、それから義勇を見ると「おい、はちじょう！」と呼ぶようになった。

「僕の名前は三浦というんだ。三浦と呼んでくれ」

義勇は、呼ばれるたび、ややむっとして答えていた。金子に同調して、「はちじょう！」と呼びかけるお調子者も何人かいた。初めの数日間、この呼びかけが続き、義勇はあまりよい気持ちのしない日々を過ごしていた。

すると、金子とは反対側の席に座っている西口謹二という同級生が見かねて義勇にアドバイスをくれた。

「三浦さあ、あいつらを気にすることはないよ。返事しなければいいんだ」

西口は三ノ輪の電気屋の息子で義勇と通学路が一緒だった。義勇にとっては心強いアドバイスだった。

それ以降、「はちじょう!」と言われても徹底的に無視することにした。もともと、義勇は皆より二歳年上であるし、完全に無視することを続けると、金子たちも義勇が年上であることを思い出したのか、大人っぽく見えたのか、そんな雰囲気の中で金子も「はちじょう!」とはだんだんと言わなくなった。一人で耐えるのではなく、西口という友人ができたことで義勇も無視をするという強い気持ちを持ち続けることができた。

西口は義勇のよい友達となった。一方、金子も、よく観察してみると、いじわるというわけではなく、思慮も何もない軽口をたたいてしまうだけで、下町にはよくいるタイプのただの口の悪い子供であることがわかってきた。

中学に入学して新たな向学心に燃えていた義勇に、さらにフレッシュな興味を抱かせたのは英語であった。先生によれば、各自が英和辞典を持つようにとのことであった。兄弟から譲ってもらってもいいし、誰かに借りてもよい。いずれにしても手元に置いて、わからない単語をすぐに引けるようにしておくのが英語の勉強には必須だというのである。

＊　＊　＊

義勇は、小学校のころの佐藤先生を思い出していた。国語の辞書をくれ、それからどんな本でも読むことができた。だから英和辞典が重要なことは容易に理解できた。しかし、身近に貸してくれる人などいないし、なんとか購入しなければならないがお金の余裕はなかった。伯父から朝の手伝いに対する小遣い程度の給金をもらっていたが、余裕はないし、それでも必要なのでなんとかその給金で安く手に入れることはできないかと考えた。

西口に相談してみた。西口はすぐに教えてくれた。

「ああ、それは古本でいいよ。僕はすでに古本屋で買って持っているよ」

「古本屋はどこにあるの？」

　義勇は尋ねた。

「神田のジンボウチョウの交差点周辺に行けば、たくさんの古本屋が並んでいる。そこで買えるよ」

　西口が見せてくれた辞書は、学生服の横のポケットに収まる大きさの革張りのものであった。義勇は同じものがいいな、と思った。

　日曜日になり、義勇は神田に出かけた。東京へ出てきて初めての大冒険である。西口の話によると市電の「専修大学前」で降りると「ジンボウチョウ」の交差点があるという。その界隈に古本屋がたくさんあると言っていた。

　言われた通り、専修大学前の電停で降りて「ジンボウチョウ」を探したが、どうにもわからない。

　さんざん歩き回った後、最後の手段で、交番で聞いてみることにした。これは現代と違いかなり勇気のいることである。警官は庶民の上に立つもので、庶民がおかしな行動をすればすぐに「おい、こら！」と簡単に連行されてしまう。つまり気軽に話しかけられる存在ではなかったのである。でも、「ジンボウチョウ」が見つからないのだ。もうどうしようもない。初めて一人で来た繁華街である。島で聞いた話では、都会には悪い人がたくさんいるという。そう聞かされていた十四歳の田舎者の義勇にとって、通りすがりの人に聞くのもためらわれ、それこそ清水の舞台から飛び降りるつもりで交番を訪ねた。

「あのー、すみません。ジンボウチョウの交差点に行きたいのですが、ジンボウチョウはどちらのほうでしょう？」

義勇が恐る恐る尋ねると、警官の表情が一瞬で険しくなり、

「なにー！　キサマ、本官をばかにしているのか！　ジンボウチョウの交差点はここだ！　ばかものー！」

すさまじい勢いで警官から義勇は罵倒された。義勇は圧倒され、恐れおののき、ちびりそうになりながら頭をぺこりと下げて逃げるように交番を走り出た。警官が追っ

てきて逮捕されるのではないかという恐怖で走った。心臓はバクバクと高鳴り、恐ろしさで市電に飛び乗った。その日は辞書も買わずにそのまま三ノ輪の家に帰ってしまった。

次の日、中学校でジンボウチョウを教えてくれた西口に地図を書いてもらった。

その時、ジンボウチョウとは「神保町」と表記することを義勇は初めて知った。義勇の頭の中では「ジンボウチョウ＝人望町」となっていたのである。確かに交番を訪ねた時、交番の入り口に「神保町交番」という表記があったことをかすかに思い出した。義勇は「シンポチョウ交番」と読んでいたのだ。

さらに思い出してみれば、ジンボウチョウを探している時、古本屋らしき店がたくさんあった。ジンボウチョウにこだわらず、そこで辞書を買ってもよかったのだ。田舎者というか、これでは子供の使いのようだ。機転も利かず、大都会の中、頼れる西口に聞いた「ジンボウチョウ」が頭の中いっぱいで、ただひたすら「人望町」を探し回っていたのだ。

この時、義勇は、ジンボウチョウを人望町と間違えていたことは、西口には言わなかった。ましてや、警官に怒鳴られたことなど、とても打ち明けられなかった。自分が東京の地名をまったく知らなかったこと、古本屋があったのに機転が利かなかったことが、なぜか劣等感のようなものとなり植え付けられた。このことを笑い話として他人に話すのはずいぶん先のことで、義勇にとって一生忘れられない出来事であった。

その後、神保町でどうにか英語の辞書を手に入れた義勇は、英語が好きになった。島の小学校で先生からもらった辞書により多くの本を読めることを学んだ義勇にとって、英語についても辞書を片手に多読をするようになった。いつもこの辞書をポケットに入れて、わからない単語についてはすぐに引いて解決した。これが後に英語の教員となる義勇の始まりであった。

＊　＊　＊

身長は平均並みであるが、やや痩せていてひ弱に見える義勇は、強くなりたかった。格技を習いたかった。柔道は技で勝負とは言っても、やはり根っから体の大きな者が有利で勝つのは並大抵のことではない。それに比べて、直接つかみ合わず、技の要素が勝負に占める割合が多いと思われる剣道を義勇は選んだ。この選択は、間違いでなかった。学年が進むにつれ、義勇は選手として多くの大会に参加できた。そして生涯、剣道は義勇にとって人生の基本であり、心のよりどころとなった。

島出身の田舎者であることが下町の口の悪い同級生から揶揄されるなど、出自など自分ではどうしようもないことに対する周りからの差別的な言動に傷つきそうになった時など、ひたすら剣道に打ち込んだ。その後、成長し、淡い初恋に悩んだ時や、生活上の不安、不満、寂しさ、貧しいがゆえの悲しさ、虚しさ、あらゆる憂さは、剣道の必死な稽古で軽減できることを知った。ますます稽古に力が入った。夏場などは、胴着が絞れるほどに汗をかいた。義勇は大の汗かきであったが、それがこのころの稽古の影響であると生涯信じていた。

剣道は、義勇の身体も精神も鍛えてくれた。小さい時からかなりの臆病で、運動会のかけっこは、スタートのピストルの音が怖くていつも出遅れ、本来それほど足が遅いわけでもないのに一等はとれなかった。しかし、剣道は臆病風を吹き飛ばす訓練として素晴らしい効果があった。たとえ仲間と一緒に戦う団体戦と言っても、実際の剣道の試合は一対一で、誰も助けてはくれない。観衆の中、名前を呼ばれ、戦いに出て行くことは、義勇にとってそれまで経験したことのない、不安、恐怖以外の何物でもなかった。ただ、日々の稽古だけがよりどころで、そのことが震える足をどうにか支えていた。そして、試合経験を重ね、勝つうれしさ、敗ける悔しさ、すべてが義勇の糧となっていった。

義勇の剣道での腕前はみるみる上達していった。指導をしてくれた宮村先生は、

「君は八丈に流された武士の子孫でその血を引いているのか？」

などと、不躾な質問をしてきた。

「いいえ、流人の子孫ではありません」

義勇ははっきりと答えた。祖母ゆふが幼い時から耳にタコができるほど唱えていた「家柄」のおかげで、即座に答えることができた。

剣道の才能や腕前が先祖譲りかどうかはわからないが、義勇にとって剣道に打ち込むことは苦痛ではなかった。中学で始めた剣道は、その後、二十七歳まで続けた。剣道は義勇の身体と精神を鍛え上げ、生涯自らを支える力となった。

5　卒業

義勇は剣道の他に、読書も好きであった。特に小説は義勇を魅了した。小学校の時に佐藤先生から借りた『ああ無情』から始まった義勇の読書歴は、中学になると図書館に行けば無数の本を目にすることができたわけである。その中から小説やら文学書やらを次々と借りて読み漁った。遅くまで灯りをつけて読んでいると、伯母から電気代がかかるからいい加減にするように言われたりしたが、本の魅力には勝てず、布団の中に灯りを入れてまで読書に耽っていた。

＊　＊　＊

中学を卒業すると、しばらくは伯母の肉屋の仕事を手伝った。義勇は教員になることが夢であったので、さらに上級の学校へ行きたいと思っていた。肉屋になるのであれば中学に行く必要もなかったことから、伯母たちも義勇を中学に通わせた時から上の学校に進みたいということは理解していた。ただ、問題はお金である。義勇は肉屋の居候であり、このままでは学費を得る手立てはまったくなかった。

中学卒業後、肉屋の手伝いは一年と続けることなく、学資を稼ぐため一定の給与を得られる簡易保険局に就職した。

伯母たちに子供はなく、状況的に考えれば、義勇が養子となり肉屋の跡継ぎになってくれるとよいと思っていたのかもしれない。しかし、義勇は島の家の長男であるし、学問をしたいということで上京してきたのである。義勇も肉屋を一生の仕事としてやる気はなかったし、伯父銀二からも肉屋を継がせようという言葉はもちろん雰囲気もなかった。簡易保険局への就職の際も伯父、伯母は何も言わなかった。

義勇は簡易保険局の仕事自体には、ほとんど興味を持てなかった。学資を貯めるための仕事であると割り切った。

ただ、この仕事場は、中学で始めた剣道を続けることができた。剣道が生活の中心であった。

当時、神田今川小路には、近代剣道では神のような存在の高野佐三郎が開いた修道学院があった。修道学院は剣道場としては日本一と言われていた。義勇はそこに通い、稽古に励んだ。修道学院では、三段から五段ほどの段位を持つ百戦錬磨で日本のトップクラスの強者が教師となり、稽古をつけてくれる青年クラスに入った。二階に準備室があり、そこで稽古着をつけ、一階に下りて行くと教師たちが待っているのである。教師を相手に果敢に向かっていくのであるが、中学で鍛えたはずでもここの教師にはその当時の義勇の実力ではまったく歯が立たず、コテンパンに叩きのめされ、足腰も立たぬ状態で一旦は引き下がるのである。しかし若さはじけるこの年頃、しばらくすると体も心もみるみる回復し、また教師にかかっていくのである。

何度かかっても毎度叩きのめされるのであるが、日々の生活の中の不安や心配事、若さゆえの悩みなど、多くの心の閊《つか》えもここで竹刀を振り回せば無心となり、憂さの何事も解決はしていないのだが、稽古の後はさわやかな気分となる。

この生活は義勇に充実感を与えた。ここでの稽古が義勇を強くしていった。この鍛錬で、簡易保険局の剣道部の一員として実業団大会でも活躍し、強い心を育むことができた。

＊　＊　＊

簡易保険局に入局後二年ほどして、ある程度経済的余裕もでき、義勇はN大学文理学部専門部の二部（夜間部）に入学した。中学入学の際、神保町で買った辞書とともに好きになった英文学を勉強することとなった。教員になる夢も持ち続けていた。中等学校の英語の教員免許状を取ることも目標であった。

それと同時にN大でも剣道部に所属し、学生として、大学・高専大会の試合などに出場した。簡易保険局の剣道部員でもあったため、剣士としては学生・社会人の二足の草鞋を履き、多くの大会を経験することができた。

他のスポーツ選手も同様だと思うが、多くの試合の中で記憶に残るのは、勝った試合ではなく敗けた試合である。

特に義勇がよく覚えているのは、実業団で鉄道局との試合での香川という選手と対戦した時である。香川の眼光が面の中に見えた。正眼の構えを見るだけでもかなりの強者であることを感じた。香川が面をねらい先に動いた。義勇は素早く面を防ぐと同時に得意の小手で先制できた。その後、一本を返され、ほぼ互角の時間が続いた。義勇は一瞬のすきを突き、もう一度小手を攻めて決まったかに見えたが、返し技を取られたと判断され敗れた。

この試合での敗戦の口惜しさは後年まで記憶から消え去ることはなかった。特に、相手の香川選手はその後、八段にまでなり、剣道界の重鎮として広く知られる存在になった。何十年後にそんなことを知り、香川氏と対等に戦った若き日の自らを誇りに思いつつも、再び悔しさがよみがえったりするのであった。

剣道は充実していたが、簡易保険局の仕事は、義勇にとって魅力あるものではなかった。特に、義勇の上司であるぼーっとした五十代の大村係長を見ていると、魅力ある仕事とは思えなかった。やるべきこともないような一日を過ごしているようで、これで給料がもらえるのなら楽な仕事でいいのかもしれないが、義勇は大村係長の中に自分の将来像を描くことはできず､ここは自分のいる場所ではないと思うようになった。

もともと学資を稼ぐために入った仕事場である。N大の予科を卒業した翌年、簡易保険局を退職することを決めた。その際、大村係長からは「あっ、そう」という言葉だけで、大きな反対はなかったが、簡易保険局の剣道部を指導していた警視庁の阿部という指南が最も義勇の離職を残念がった。

「簡易保険局を辞めると聞いたが、剣道のためにもう少しいるわけにはいかないのか？」

最後の道場での稽古で阿部は唐突に義勇に尋ねてきた。義勇も今日か明日にも退職することを阿部に伝えようと思っていたが、先に聞かれてしまい、考える暇もなく素直に答えた。

「はい、もともと教員志望ということもあり、簡易保険局の仕事は少し違うなと思いまして」

「剣道を続けるのはどうだ。君なら剣道を職業として、その道の専門家になれると思う。その方向での教員の道もあるだろう。その意思があれば私がなんとか考えてもやれるが」

阿部は義勇の剣道の才能を認めていた。阿部が義勇のことをここまで認めてくれていたことを初めて知り、義勇はうれしく思った。しかし剣道家として生きるのは、義勇の将来像にはなかった。義勇は阿部に対し、その場で断ることはしなかったが、取り繕う形で最後の別れを告げた。

義勇の中では、あくまでもアマチュアとして、趣味として、剣道は続けるつもりではあったが、剣道で飯を食うという考えはまったくなかった。

この時代の剣道界には、まだ古武道の流れをくむ武士道精神を重んじた古風な専門家が多くいた。一方でスポーツとしての剣道を育てようという先進的な考え方も出てきたところでもあった。すなわち、あるルールの下で技を競い合い、その中でスポーツ精神を高めるという近代スポーツとしての剣道である。

若い義勇は後者に傾倒していた。阿部に対して感謝の気持ちを持ったのはもちろん

であるが、一生の仕事として剣道をやるのを良しとしない気持ちと、やはりなにより
も簡易保険局での自分の将来の姿が自らの夢とかけ離れていたことで、N大の卒業を
新たな転機として人生を一新したかったのである。

＊　＊　＊

N大で中等学校の教員免許状は得たものの、すぐには教員の道は得られなかった。
そうした中で、浪人をするほど余裕のなかった義勇は、就職活動を同時に始めていた。
外務省入省試験と大手の電気通信会社のS通信工業株式会社入社試験の二つを受け、
二つともに合格した。外務省は教員以外の職種として英語を生かすこともでき、一つ
の夢に向かう道筋ではあった。

しかしS通信工業が選択肢に入ってきた時点で、島にいる父や母のことが頭に浮か
んだ。高等小学校を卒業した十数年前、父の期待とは違う形で東京に出てきた。とは
言うものの、父の姉である伯母まつに世話になり、ここまで進んでくることができた。
島の家の長男として生まれた義勇は考えた。

（外務省に行き外交官となると、日本を離れる生活の可能性もあるだろう。それではあまりにも遠くに行き過ぎてしまう。年老いた父や母の面倒を直接みなければならない現実は今はないにしても、国内にとどまるほうが少しは親孝行かもしれない）

▼6　出会い

結局、義勇はS通信工業の社員となった。残念ながら剣道をやる機会はまったくなくなってしまった。しかし、そこで、義勇は初めて、尊敬できる先輩に出会うことができた。

欧米からの輸入工具を購入管理する工具課に英語力を買われて配属された。そこには、上司として課長の逸見周蔵がいた。仕事を一から教えてくれるのであるが、はるかに上の上司であるのに新人の義勇に対する誠実さも見せ、一方では堅苦しいこともなくウイットに富んだ会話、竹を割ったような性格。この人と会話するといつも元気になった。

（この人について行けば間違いない）

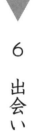

義勇は人生の中で初めて素晴らしい人に出会ったと思った。

（もしかするとキリストとはこんな人だったのかもしれない）

そんなふうにまで思わせる人物だった。義勇は逸見の指導の下で誠心誠意働いた。逸見も義勇の誠実さを見抜き、信頼のおける部下として重用した。工具関係ばかりでなく、工場管理など多くの仕事を逸見の下でこなしていった。

＊　＊　＊

義勇がS通信工業に入社したのは、昭和十三年（一九三八年）三月である。前年に日中戦争が始まり、日本が戦争の泥沼に足を踏み入れ始めた時期である。日本の企業が戦争に協力するのは当然の時代であり、特にS通信工業は電送写真などの開発で当時の最先端の軍需産業の一翼を担っていた。

一九四一年になると一般の国民も兵隊となるべく召集が始まった。戦線を広げた軍は、多くの兵を必要としていた。一般庶民も徴兵されるようになり、突然、召集令状、いわゆる赤紙がそここの男子に来ることが普通になってきていた。各企業にも社員の中からできる限り軍に社員を供出するよう命令が下った。女子や学生で代替できる作業をしている男子社員は可能な限り軍が召集するとのことであった。S通信工業でも軍の要請に応え、かなりの数の社員を出すことになった。会社に残す社員は必要最小限にとどめることとのことである。工具課では技術系課員三名だけが召集を免除されることとなった。その三名を選ぶのは逸見であった。義勇は大学では英文学専攻であったのでもちろん技術者ではなかった。しかし、逸見の片腕として活躍していた義勇はその三名に含まれた。逸見の計らいで工具課の重要な技術系社員とされたのである。

義勇が召集免除を知らされてから十日ほど経った日、残業で遅くなった晩、会社の出口で、熟練の旋盤工、大澤と出会った。大澤は、義勇よりも十歳ほどは年上で、入社したてのころ旋盤に関する刃などの工具について様々な種類があることなどを教えてくれた工員頭である。

「あれ、三浦さん。お久しぶりですね」

大澤はにこやかな笑顔で話しかけてきた。

「同じ場所に通っているのになかなかお会いしませんね」

義勇が答えると、

「いやあ、二、三か月前から、旋盤の仕事が急に忙しくなってね。我々は朝の七時の出勤になったんで、三浦さんたちとは違うんですよ。そうだ、久しぶりにちょっと軽くやっていきませんか。晩飯代わりに弥生に寄って行こうかと思っていたんですが……」

そう言われた義勇も独り身であるし、丁度どこかで夕食でも食べて行こうと思っていたところであった。「弥生」とは向河原駅前にある、気のいいおかみが一人で切り盛りしている赤ちょうちんである。

「ああ、私もどこかで夕食でもと思っていたのでいいですね」

と義勇が答え、二人で弥生に向かった。

十人も入ればいっぱいになる弥生だが、夜八時過ぎにもかかわらず五、六人の客が入っていた。カウンターに二人分の席を見つけて大澤と座ったとたん、カウンターの遠い端に座っていた客が声をかけてきた。

「おー、三浦さん」

庶務課の山崎であった。以前、彼は工具課の事務員をしていた関係で義勇もよく知った男である。山崎はかなり酔っていた。

「三浦さんよ、俺はよ、来週、田舎に帰るんだ。なんで帰ると思う?」

あまりいい酔い方ではない雰囲気である。山崎は続けた。

「徴兵だよ、徴兵。会社から行けと言われちまったんだよ。本籍地に戻って徴兵を待てだとよ」

「あら、そうだったの。それは大変立派なことだね。お国のためだものね。じゃあ、今日はお代は要らないよ。私からの壮行会にしますよ」

口をはさんだのはカウンターの向こうにいた弥生のおかみである。

「何言ってやがる。俺はよ、俺は、会社からもうお前要らないよと言われたようなものなんだぜ。何が壮行会だ」

山崎はそうとう酔っているようだった。義勇と山崎の間にいた客はそそくさと勘定を済ませて帰って行った。

「三浦さんよ、あんたうまくやったよな。兵隊にならなくていいんだってな。課長にいくら包めばそんなご身分になれるんだい？」

山崎の言動はひどいものになった。義勇に対する妬みが高じて侮辱の言葉である。

「無礼者！　表に出ろ」

義勇は山崎の陰湿な物言いに一瞬で堪忍袋の緒が切れ、自分でもびっくりするような大声を発していた。

「山ちゃん、今日はあんた飲み過ぎだよ。お代はいいからもう帰っておくれ」

義勇の怒りに、おかみは大きな声ですかさず言い放った。いつも冷静であると思われた義勇の一声で、山崎は少しひるんだように見えた。そこへ、大澤が中に入り、山崎の肩をかかえ店の外に押し出した。大澤は柔道をたしなむ大男で、山崎は何かぶつぶつ言いながら追い出される格好になり、そのまま出て行った。

「三浦さん、今日はこんなところへ誘ってしまって申し訳ない。今日はもう帰りましょうか」

大澤は戻ってきて言った。

「いや、大人気なく大声を出してしまって申し訳ない。おかみさんにもご迷惑をかけてしまったので、ここで少し気分を変えて飲みましょう」

義勇は、大澤とおかみさんのふるまいをありがたいと思った。

義勇は山崎の人を貶めるような言動に単純に怒りを覚えたことは事実だが、それだけの怒りではなかった。軍への徴用を免れ、どこかほっとしている自分がいることを、ずっとどこか後ろめたく感じていたからだ。重苦しい嫌な社会であった。大声は自分に向けての戒めでもあったかもしれない。大澤との久しぶりの杯は少しにがいものとなった。

＊　＊　＊

義勇の仕事場は南武線向河原駅前の工場である。太平洋戦争が始まるとこれらの工場は陸軍の管理下となった。そのため陸軍から監督官なる軍人が来ていた。軍指導の朝礼が毎朝あり、尉官クラスの軍人が士気を鼓舞するために長々とした演説を始める。

それは冬場も続き、多摩川河原にある工場は、寒風が吹きすさび、そこに若い社員や工員は直立不動をさせられるのである。

演説は毎朝、同じ内容の繰り返しである。

「畏くもー大元帥天皇陛下統帥のもとー、我が軍は敵の大規模反撃をものともせずー百戦百勝の戦果を上げておるー。貴様らー臣民は戦場にあらずともー、ここを戦場と思いー、死に物狂いで忠功を上げねばならなーい。さすればー、我が臣民はー一億総火の玉となりー勝利に向かって突き進めるのであーる。いいかー、貴様らー誇り高きー我が大和魂はー……」

そんな威張っている尉官を見ると、やっと顔に産毛のようなヒゲが生えたばかりの少年のような若造である。上級学校を出て、すぐに陸軍に入り、尉官となったようである。このから威張りのような演説が寒風下長時間続き、工員たちの手足は悴んで感覚をなくし、朝礼後にすぐに仕事にかかれなくなってしまうのである。細かい作業をするための手足の感覚を戻すのに時間が必要で、朝礼と合わせると一時間は無駄にしている有様であった。

この現場を知る義勇は逸見に工員たちのそんな状態を告げ、寒風下で工員たちに直立不動をさせる時間が長いとお国のためにならないことを進言した。義勇自身、その後一切朝礼には出席しないことにした。その進言と態度を見て、「そんなことだと憲兵に引っ張られるぞ」などと言ってくれる上司や同僚もいたが、義勇は、そうなったら、どちらが国のためになるかということについて信念をもって反駁する自信はあった。逸見の力があったかどうかはわからないが、その後も朝礼を無視する義勇が憲兵に引っ張られることは起こらなかった。産毛の演説も短くなっていった。

＊　＊　＊

義勇が入社する一年前に、原都美子という女性がS通信に入社していた。都美子は高等女学校を出てすぐに就職した、モダンな活発な女性であった。

都美子の家はもともと群馬県であったが、都美子は小学校五年の時、父をがんで亡くし、東京に出ていた兄を頼って母、姉、妹とともに東京へ出てきた。そのような家庭であったため当時ではめずらしく、女学校を出て家計を助けるため就職したのである。家庭が裕福であれば、娘は学校を出ても家にとどまり、花嫁修業の後、良家の御曹司とお見合いをしお嫁に行くのが、この時代は婦女子の幸せの道であった。父のいない原家は姉も都美子も高等女学校を出ると会社勤めで家計を助けた。

都美子は生産課に配属されており、義勇とは違う課であったが、義勇も入社後すぐに都美子の存在には気づいていた。活発で明るい性格の都美子は、そもそも若い女性の少ない職場では目立つ存在であった。生産課は工場全体の生産を管理しており、その生産工程での設備や工具についての調達など、工具課との連携は仕事を進めるには重要な事項であった。日常的に工具課への連絡文書を整え持って行くのが都美子の役割で、工具課では直接義勇とやりとりをすることも多かった。

義勇は都美子の顔や性格はもちろん、そのスタイルとくるぶしに惚れてしまった。きゅっとしまったアキレス腱、それに続くふくらはぎの美しさは一品で、義勇は都美子と遭遇するたび見て見ぬふりを繰り返すことになる。女性はそんな目線をすぐに感じるもので、都美子にとってもいつしか義勇が気になる存在となった。

義勇を遠くから観察することもあった。ある日、駅のベンチに義勇が腰かけているところに遭遇した。義勇の靴下が見えた。都美子はそのチェックのシックな柄が気に入った。いいセンスの靴下だと思った。実は、その時すでに義勇のことを悪しからずと思うがゆえの意識が芽生えていた。

こんな二人なので、すぐに付き合うようになった。この時代、結婚を前提としない男女の付き合いはあり得ない。義勇は蒲田区道塚にあった原家に挨拶に行った。都美子の母、すゑに丁寧な挨拶をし、また、もちろん父親代わりの兄、清にも深々と挨拶をした。

父親に早くに死なれた原家の長男清は、絵画を好み、美術学校への進学を考えていたこともあったが、父を亡くしてからは、家を守るべく学費不要の陸軍士官学校に進み、陸軍の軍人となっていた。もともと中学時代から陸上、特に投擲競技、円盤投げの選手で、その堂々たる体躯は士官を絵に描いたような風貌であった。義勇が原家を訪ねた時は日中戦争のさなかであり、清は中支の戦地から無事に凱旋帰国したところで、実績も積んでおり、若いが名実ともに立派な軍人であった。

清は、義勇よりも一〇センチほどは背が高く、凛々しい面持ちの好男子であった。

義勇は、将を射んと欲すれば先ず馬を射よの気持ちで清に気に入られるべく挨拶をしたが、清の雄々しさに初対面で少し気おくれを感じた。しかし、清のほうも妹が連れてきたどこの馬の骨ともわからぬ男をどう判断するか、何か決め手があるわけではなかった。戦地での清の経験は、こんな時、何の役にも立たなかった。清はもちろんまだ独身であり、義勇よりも二つ年下であった。

ぎくしゃくした清と義勇を救ったのは、二人の共通点であった。二人とも酒好きである。お茶とお茶菓子の前で緊張していた義勇に、清は「三浦さん、これ行きましょうか？」と右手で杯を持つ仕草をした。実は、清も緊張しており、お酒でも飲みながら話したほうがよいかと思っていたのである。

「はあ、では少しいただきます」

義勇は答えた。義勇は清のこの一言になぜか救われたような気になり、結婚を許してもらえたのだという勝手な確信を得た。

母すゑが手早く作ってくれた酢の物をつまみに、「少し」どころではない酒を酌み交わし、簡単に意気投合した。滑らかになった舌で二人の裏表のない、率直にものを言う性格が表出し、古くからの親友のような情感をすぐにお互い感じた。それ以降、数か月も経つと、時々都美子なしでも義勇と清は二人で仕事帰りに酒場に通うことがあるような仲となった。

原家には、長男清の下に三人の姉妹、上から幸子、都美子、良子がいた。この時代、独身の姉を差し置いて次女が先に花嫁になるわけにはいかなかった。三十歳を超えていた義勇は、早く都美子と結婚したかったが、そのためには姉の幸子の縁をなんとか作る必要があった。その点、兄の清と意気投合していることは、事を早く進めるうえでは好都合であった。

S通信の下請けをしている会社の社長、菅原弦太郎は、義勇と仕事上での仲間であったが、個人的にも気の合うところがあり、義勇と親しくなっていた。幸子の縁談相手の相談をしたところ、菅原弦太郎の弟が独身であり、丁度幸子に年が合っているという話になった。

その弟、菅原雄蔵は、裕福な家の次男ということもあり、ピアノを弾いたり、演劇活動を行ったりと、趣味が仕事のような多才な自由人であった。満州に活動拠点を作ろうとも考えており、家族からは、満州に行く前に是非、身を固めるよう迫られていた。つまり、幸子との縁談話はタイミングの良いものであった。

幸子との見合いの日、雄蔵はすぐに幸子を気に入った。幸子のほうは、少し背が低いとか、顔が丸すぎるとか、何かと不平を言っていたが、口には出さないが雄蔵の多才なところと教養深く優しい穏やかな性格には、すぐに惹かれるものがあった。

幸子と雄蔵は結婚することになり、お見合いから半年ほど経ったか経たないかで夫婦となった幸子と雄蔵は満州に行った。姉妹には雄蔵に対する不満をいろいろ告げていた幸子ではあったが、それは照れ隠しであったのだろう。結局、幸子は嬉々として雄蔵と満州へ出発して行ったのであった。

7 燃ゆる

昭和十八年一月、義勇と都美子は結婚した。
昭和十九年になり、義勇と都美子の間に長女不二子が生まれた。

＊　＊　＊

その後すぐ、清はニューギニア戦線へ自動車隊中隊長として出陣した。ニューギニアに行ったことは、もちろん、高度の軍事機密であったので、出征の際には清を含めた誰も知らなかった。

蒲田駅前で行われた出征兵士数名の出陣式で、兵士一人一人が挨拶を行った。兵士は、次々と「鬼畜米英を必ずや倒し、神国日本の勝利に向かって、命をかけて戦ってまいります」という内容の挨拶を行った。清はすでに職業軍人であり、この出征兵士の中では最上官の中尉であったため、最後に挨拶に立った。見送りに来ていた原家の母と都美子と良子は、兄がこの出陣式の中で最上官であることと、誰よりも凛々しい姿を少し誇りに思いつつ、どんな挨拶をするか耳を傾けた。

「皆さん、本日はこのような立派な出陣式を開催していただき、誠に感謝にたえません」

出征兵士の挨拶を締めくくる形の言葉で始まり、皆が聞き入ったところで、

「皆さん、私どもは、大いに奮闘してまいりますが、日本が必ず勝つとは限りません。戦いは時の運というものが大いに左右するものであります」

都美子は、ここまで聞いて、震えあがった。その後の清の言葉は耳に入らなかった。この時代、こんなことを言えば憲兵にしょっぴかれてしまう風潮であったにもかかわらず、兄はなんていうことを言うのだろうか、と。しかし、何事も起こらなかった。憲兵はいたはずだが、職業軍人の中尉の挨拶を乱すことはできなかったのかもしれない。

清は昭和十九年の戦局をある程度知っていた。このままでは日本は負けると感じていた。しかし、さすがに隣組を前に「負ける」とは言えず、精一杯の気持ちを「時の運」という言葉で挨拶に含ませたのである。

蒲田駅を発つ列車の入り口に立ち、清は白い手袋をした手で家族にいつまでも手を振って去って行った。蒲田駅のホームから列車が見えなくなるまで、家族たちは手を振った。これが、母すゑが見た清の最後の姿であった。たった一人の息子の出征は、如何につらかったろうか。隣組はめでたいめでたいと送ってくれるが、それが虚構であることを多くの民は心の中で知っていた。

これをさかのぼる六年前、昭和十三年に清が中支に出征した際、すゑは清の武運長久というよりも唯一の息子の無事を祈り、鎌倉の八幡様に末っ子の良子をお供に月参りをしていた。この時は日本にも余裕があり、すゑも元気で、八幡様の階段をしっかりと力強く上り、心の底から清の無事を祈った。しかし、昭和十五年以降は、国民の不要不急の移動は制限され、月参りは許されなかった。

昭和十九年の清の出征以降、すゑは家の神棚と仏壇に祈るばかりであった。

清の出征で蒲田に住んでいた原家には女ばかりが残ることになり、そのことを心配した清は出征前、義勇と都美子、不二子も蒲田の原家に来るように勧めた。と言うよりも、義勇に原家も見てくれるよう懇願した。こうして、原家は、都美子、妹の良子、母のすゑ、生まれたばかりの不二子、そして男手としては義勇の計五人が住むことになった。

義勇一家が蒲田に引っ越しし、原家と一緒に住むようになったわけだが、清が出征した直後、この蒲田の土地は戦車道路の用地となることが決まり、有無を言わさぬ移転命令が下った。突然の命令に苦境に立たされた義勇と原家であったが、義勇の奔走でなんとか大森堤方《つつみかた》にある義勇の親戚の家を借り、そこに移転した。

昭和十九年には東京もたびたび空襲を受けるようになり、戦局はますます厳しく、都美子と不二子、母すゑは、群馬県烏淵村《うぶちむら》に疎開することとなった。烏淵村は、都美子の亡くなった父の出身地で、多くの親戚もいた。堤方の家には、S通信に勤める義勇と京浜女学校の教師をしていた原家の末っ子良子が残ることになった。同じ屋根の下には大家さんの沖山きぬさんも住んでおり、二人の勤め人、義勇と良子の食事などの世話もしてくれていた。きぬさんは、義勇の母の姉、つまり義勇の伯母で、六十代半ばの未亡人であった。

昭和二十年三月十日、東京大空襲のあった日である。東京下町、本所、向島を中心に首都東京の下町は壊滅的な打撃を被った。それでも義勇の住む蒲田や大森の辺りは、空襲警報は何度かあったものの、ひと月ほどは無事に過ぎていった。

四月十五日、夜中になって、「敵、艦載機、約六百機が羽田方面に……」とラジオ放送が入り、空襲警報が鳴ったか鳴らないかの直後、米軍の艦載機が急降下爆撃を繰り返し始めた。急降下爆撃の後は高空のＢ29からの焼夷弾のため、あっという間に火の手があちこちで上がり大惨事の様相を見せ始めた。義勇は男手の少ない中、町内に残った唯一の若い男性のため、隣組組長の立場であった。町内の住人を誘導したり、消火作業をさせるなどの指揮をしなければならない立場だ。初めのうち、それまで隣組で行っていた防火訓練どおり、バケツリレーの消火作業を指揮したが、火の手はあちこちであっという間に大きくなり、消火作業などまったく無意味な状態になった。逃げることだけがやるべきことであった。

良子ときぬさんを、町内の隣組の人たちと一緒に、木立が多く高台の広い用地のある池上本門寺方面に逃げるよう指示をし、残る隣組住民たちの誘導をし続けていた。

逃げる住民は防空頭巾をつけていたが、さらに火の粉をさけるために布団をかぶる者、大荷物を背中と両手いっぱいに持つ者、荷車を引く者、様々で我先にと逃げ惑った。義勇も家にあった花柄のメリンスの敷布団を頭からかぶり、その姿で誘導をした。火の手はどんどん大きくなるばかりであった。

気が付けば、義勇一人残り、周りは火の海で、ああここで死ぬかもしれないと覚悟を決めた。もちろん、生を諦めているわけではないが、覚悟を決めざるを得ないほどの火の手であった。周りを見回し火のないところに逃げようと進んだ。燃え落ちて黒くなっているところが、生存への道と直感した。

その時だった。高空で焼夷弾が落ちてくるひゅーっという音が聞こえ、こちらに落ちてくるとわかった。近くに隠れるものもなく、義勇はその場にただ伏せ、無意識で歯を食いしばり頭をかばった。猛烈な閃光と爆発音、地響きとともに、義勇の体は一メートル以上の高さにもふっとばされたと思われる。冷静に考えれば、たぶん数秒間のはずだが、スローモーションのようにその記憶は義勇の中に納まっている。

気が付けば、眼鏡はどこかに飛んでしまっており、なんと、不覚にも失禁をしていた。その後は、布団をかぶったみじめな姿で、燃え落ちて火勢も収まっている黒いほう、黒いほうへと歩いた。大火災のため、四月だというのに熱風、立って歩くのを拒むほどの強風が吹きすさび、夜空は、昼のように明るく赤く、体験したことのない様相を見せていた。

どのくらい歩いたか、時間感覚もはっきりしないまま、近くの呑川《のみがわ》沿いを進んだ。

夜は明け、周囲は白み始め、見通しがきくようになってきた。焼け落ちたところどころには焼けただれた屍がいくつもあり、呑川沿いにも、水を飲もうとしたであろう姿の遺体がある。この世のものとは思えぬ、恐ろしい光景がまぶたに焼き付いた。その時は茫然自失に近い状態で、ただただ本門寺方面に歩いていた。この光景は地獄として義勇の脳裏に一生とどまることとなる。
歩いている最中は、屍が若い女だと良子ではないかと思い、老婆の遺体はきぬさんではないかと近づき、そうでないことを確かめて、さらに歩いた。良子ときぬさんは池上本門寺方面に逃げたはずなので、まず彼女らに会うためにその方向に歩いた。多くの良子やきぬさんくらいの女性と行き違った。そのたび、声をかけそうになるが、近くに来て顔を見ると違うことに気づく。

しばらくすると、一人とぼとぼと歩いてくる女性がいる。また違うかとも思ったが、今度は本当の良子だった。顔はすすや泥で汚れていたが、あの快活な瞳はまぎれもなく良子だった。良子も気が付きただ涙をこぼすばかりで、二人はしっかり肩を抱き合った。声は出なかった。しかし二人はお互い生きていてよかったという思いは同じだった。後の世、良子によれば、義勇もすすけた顔でいつもの眼鏡もなく、とぼとぼとメリンスの布団をかぶったまま歩いていたのだという。

良子はきぬさんとはぐれてしまったと言う。混乱の中、手をつないでいたが、それを振りほどかせるように群衆が突進してきて手を離してしまったとのこと。一度手が離れてしまうと、きぬさんと良子はどんどん離れ離れになり、きぬさんの「良子さんよー！　良子さんよー！」という声だけがどんどん遠くに行き、雑踏と騒音に紛れてしまったと言う。良子は自分の責任のように泣きながら、しかししっかりと話した。

（まずはきぬさんを捜さなければ）

義勇はそう思い、「ひとまず、自分たちの住んでいた場所に戻ろう。きぬさんも戻っているかもしれない」と言い、義勇が来た道を二人はまた戻っていった。

見渡す限り焼け野原で、めぼしい道しるべもなく、どこが元の家だったかさっぱりわからない。いくつかの遺体がむしろをかけられたり、むき出しのままだったり、焼け跡とともにあったが、すでに何の感情もわき起こってこなかった。

（我が家のあったところを見つけなければ）

どうにか残っていた石塀を見つけ、中央に焼け錆びた金庫もあり、我が家であることが確認できた。ここに来るまで、きぬさんに会うことはなかった。

義勇は板切れを見つけてきて、焼けぼっくいで、移転先となりそうな住所を書き、生き残った証拠として二人の名前を書きつけ、焼け跡に立てた。

そしてここまで来る際に耳にした情報によると、焼け残った池上小学校に多くの避難者がいるとのこと。二人はそこに行ってみることにした。

池上小学校の各教室には、多くの避難民やけが人もおり、どうすることもできない人ばかりで呆然とまた騒然としていた。義勇は各教室をまわり、一人ひとり確認をしていった。二階にも多くの人がいるので、良子には二階を捜すよう指示した。

三十分もしないうちに、良子が二階からきぬさんと二人で下りてきた。義勇は、良子と来た老婆が本当にきぬさんかと見まがうほどだった。被災前は、いつも身ぎれいで、髪には椿油をつけ、きちんとした結髪をしていたが、一晩で真っ白になったかと思われる髪は乱れ、顔はすすと泥で汚れ、きぬさんであることを確認するのに時間を要した。一晩で髪が真っ白に、という話は聞いたことがあるが、それこそ本当であることを示していた。

怖い思いをして心細くはあったものの、きぬさんは大勢の人がいるこの避難所にいるほうがよいかと思い、とどまっていたとのこと。それは正解であり、あの混乱の中でばらばらになった三人は大きなけがもなく、また会うことができた奇跡的な幸運を喜び合った。

しかし、喜びもつかの間で、今夜泊まるところもない。そうこうしているうちに、蒲田区の梅屋敷周辺は多くの住宅が無事で焼け残っているとの情報を得た。梅屋敷には義勇のいとこの秀夫さんが住んでいる。三人は梅屋敷まで歩いた。

梅屋敷の秀夫さん宅は家も一家も無事で、義勇たち三人を快く受け入れてくれた。三人は一泊させてもらった次の日、義勇と良子は、都美子と不二子のいる烏淵村に一旦行ってみることにした。きぬさんは秀夫さんの家にしばらく置いてもらうようにお願いした。

8　疎開

義勇と良子は翌朝、秀夫さん一家ときぬさんに別れを告げ、ひとまず上野へと向かった。烏淵村に行くには、上野から高崎線に乗り高崎駅に行かねばならない。東京は連日の米軍による攻撃で焼け野原になっていた。しかし、奇跡的に京浜東北線と高崎線の線路は無事に残っていた。問題は電車や汽車がいつ来るかということであった。もはや時刻表なるものはあっても、もちろん意味がなかった。

どうにか上野駅にたどり着いた義勇と良子は、避難民列車が間もなく出るという幸運に恵まれた。避難民列車とは、東京で焼け出された避難民を田舎に送り込もうという国の措置に従って国鉄が準備した列車であった。避難民は無料で乗れた。とは言うものの、東京から焼け出された多数の人々でホームはごった返し、着いた客車に大勢が押しかけ、窓からも人が乗り込む有様であった。

都合のよいことに窓ガラスは一枚もなく、さらに客車に見えた箱は座席が取り払われており、貨車のようだった。我先にと乗り込んだ者たちは床に座り込み発車を待った。義勇と良子も人の流れに流されるようにどうにか列車に乗り込むことができた。

その列車が高崎駅に着くかの確証はないものの、北陸方面行という駅員の話を信じて乗り込んだ。高崎は上越線と信越線の分岐の駅であり、北陸方面行なら必ず停まるはずである。

車内には、怪我をした人、大きな荷物を抱えている人、お骨を抱えている人、乳飲み子を抱えている人、いずれも尋常ではない表情で、すし詰め状態であった。

列車が走り出す前から乳飲み子が泣いていた。しばらく経っても泣きやまない。するとその子を抱いていた若い女の人が突然甲高い声を上げた。

「この子の母親は、こんどの焼夷弾で亡くなりました。この子はずっとひもじがっています。この中にお乳の出る方がいましたら少し飲ませてやってくれないでしょうか。お願いします」

少しざわついた乗客たちは、可哀想に早くなんとかしてやりたいと言う思いで、周りを見回すばかりであった。その時、その赤ん坊からは少し離れていたのだが、体格のしっかりした中年の婦人がよろけ、人をかき分けながらその若い女と赤ん坊のほうへ向かってきて、ふっくらとした白い乳房を惜しげもなく出して、無言で赤ん坊を受け取った。赤ん坊は必死に乳首に吸い付き真剣にお乳を飲み続けた。車内は安心と静けさに包まれた。

避難民列車は空襲警報やら機関車の故障やらで止まったり走ったり、高崎駅に着いたのは上野駅を出てから九時間後の翌日午前五時であった。幸運にも高崎駅から烏淵村に行くバスが出るという。なければ数時間の徒歩を覚悟していたので、二人はほっとした。ただし、そのバスの出発までは数時間があった。

高崎駅で降りた大勢の避難民たちとともに、義勇と良子は持ってきた毛布にくるまり、待合室の片隅で横になった。良子の指先が義勇の手に触れた。義勇は良子の手をその両手で優しくくつつんだ。良子は義勇に抱いてもらいたいという衝動を覚えた。しかし、多くの人が雑魚寝状態ではあるもののごった返した駅の待合室、昼間であり、何よりも義勇は姉の夫なのである。義勇も良子を愛しく思っていたが、ひどく疲れていた。二人はすぐに手を触れあったまま、久しぶりに足を伸ばしてぐっすりと寝入った。しかし、義勇はバスが来るかもしれないと思い、たびたび目が覚めた。いっとき、良子も目が覚めていて義勇につぶやいた。

「お兄さんみたいな人と結婚したいな」

烏淵村行のバスは午前十時ころ高崎駅を出発した。木炭バスである。木炭を高温の水を使って一酸化炭素と水素を発生させ、なんとか内燃機関を動かすものである。ガス化装置と言えばモダンな響きがあるが、この時代の木炭バスはひどく効率も悪く、出力も出ないものであり、故障もよくした。高崎駅から烏淵村までは、全体として山登りの道であり、多くの坂がある。急坂となると乗客は降りて車の後ろを押したりしないといけない。なんとか三時間ほどかかって烏淵村の入り口の烏川を渡るところまできて義勇と良子は下車した。

烏淵村では、都美子と不二子および都美子の母すゑが大きな農家を借りて暮らしていた。そこは、すでに総勢九人の大所帯になっていた。義勇の故郷の八丈島から本土へ強制疎開させられた義勇の父母と妹の美智子、美智子の息子の功、さらには、都美子の姉、菅原幸子と息子がすでに満州から引き揚げてきており同居していた。

義勇の妹、美智子は八丈島の大きな旅館の若旦那と結婚したが、若旦那は脳溢血で亡くなって未亡人となり、八丈島で善平、みよの両親と暮らしていた。一方、幸子のつれあいの菅原雄蔵は音楽活動をする予定で幸子と結婚し満州に渡っていたが、息子の誕生直後に軍に召集され、幸子と息子は帰国していたのである。ここへ、義勇と良子が合流し、一時十一人が同じ屋根の下に暮らすこととなった。

都美子の母すゑは、末っ子の良子の無事を特に喜び、顔を見て安心したのか、具合を悪くしてしまった。そして良子との再会後、一か月もしないうちに肺炎で帰らぬ人となった。長男清は出征しているものの、娘たち三姉妹全員がすゑの最後に立ち会えた。こんな混乱した世の中ではそのような旅立ちは幸せの部類に入るのかもしれない。

＊　＊　＊

昭和十九年六月にサイパン島が陥落すると、次のアメリカ軍の標的は八丈島となるものと考えられた。そのころから、日本陸軍の兵が八丈島に入った。終戦までに総勢一万六千人に及んだ。島民の若い男性は現地召集または徴用され、地下壕、特攻魚雷回天の基地建設、飛行場の建設などの労務に就かされた。そして女性、子供、年寄りの住民は順次本土へ強制疎開となった。それぞれ身寄りが本土にあれば、そこに寄宿することがよしとされ、義勇の実家の者は義勇を頼り、烏淵村の原家の下へ疎開することとなった。

昭和二十年一月、善平とみよ、義勇の妹の美智子、その子供の功は、ほとんど着の身着のまま、八丈島神湊《かみなと》港を出港する疎開船東光丸に乗り込んだ。十九時間後に本土に無事到着し、迎えた義勇に連れられ烏淵村に疎開できた。

実は、この東光丸は、八丈島の島民五千人以上を強制疎開させるために八丈島と本土間を何往復もしていた。善平たちを疎開させた三か月後の昭和二十年四月、東光丸は八丈島の神湊港を出て横浜港へ向かう途中、御蔵島の南三〇キロ付近でアメリカ軍潜水艦の魚雷攻撃により沈められ、多くの疎開島民を含む犠牲者を出すこととなった。善平たちは、細い幸運の糸をどうにか手繰り寄せて命拾いしたと言える。

善平たちが疎開した農家の庭には、そこそこ広い畑があった。疎開後、村の衆にお世話になるばかりで何か貢献できるものはないかと考えた善平は、ただ荒涼としている畑を耕し、ニンジンやジャガイモを植えようと考えていた。島なら二月は植え付けの時期であった。納屋にあった鍬を借り、畑に一振りすると、「カチン」という音とともに鍬ははじき返された。隣の家から音を聞きつけたのか何人かの老人が出てきて、ただただ善平を見て笑っている。南の島の畑しか知らない善平にとって、凍った土は初体験であった。

（鍬を借りる時教えてくれればいいのに）

年の割には筋骨たくましい善平でも凍った土は歯が立たなかった。善平はこの辺の農家はこの時期、畑の手入れをしないことを初めて知った。ここは烏淵村岩氷という地名であった。

9　玉音放送

義勇は烏淵村で都美子たちの無事な姿を見届けると、すぐに会社に戻った。川崎の向河原の工場は空襲に遭い、ほとんど機能不全に陥っていた。義勇は新しい移転計画を遂行する一員となった。まだ空襲に遭っていない福井市に、工場ごと移転するというのである。

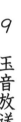

七月になり、義勇は烏淵村に一旦戻り、都美子と不二子を連れて福井に移ることになった。

＊　　＊　　＊

昭和二十年七月十八日朝、義勇は都美子と不二子を連れて高崎駅から福井に向かう列車に乗り込んだ。出発はしたもののスピードは出ず、のろのろと進んだり止まったり、不安定な進行であった。乗換は直江津で一度のはずだったが、途中、空襲で汽車を降ろされたり、何時間も停まったままだったりで、福井駅に降り立ったのは七月二十日の昼ごろだった。

ところが、なんと前夜に福井市内は空襲され、駅前は広く見渡せるほどの焼け野原だった。しかし義勇たちが住む予定の比較的大きな家は、焼け残った町の中にあり、運よく寝泊まりに困ることはなかった。S通信の社員にはまだ配給の食糧も配られており、とは言っても、どうにか飢えることはない程度だが、義勇は先行きはともかく、都美子と一歳の不二子を連れてもしばらくは生きていけそうな気はしていた。

S通信が予定していた工場敷地はまだただの空き地であり、福井市の中心から外れた丸岡駅に近かったため攻撃されておらず、移転計画が進むかに思えた。

福井の町は周辺に多くの田んぼがあり、この年の夏の暑さで蒸し風呂のような状態になっていた。不二子を抱えた都美子は先行きの不安とこの暑さで、福井に良い印象は持てなかった。

義勇は数日間かけて、工場移転した場合、その後の物品の供給体制や工員の移動、現地採用の問題などの検討に入っていた。しかし、福井の町自体が瓦解し、社員の生活などままならぬ状態となっており、物品などの供給体制の立て直しは絶望的な状況であった。

本社にそのような報告をあげた日、逸見から義勇に京都に来るように、との指令が入った。都美子と不二子を福井に残して京都へ出かけた。義勇への指令は、工場の移転を福井とするのは難しくなったため、まだまったく爆撃を受けていない京都にするための下見の出張をせよ、ということであった。

* * *

義勇が京都へ出かけた数日後、その日も、ゆらゆらと湯気の立つような蒸し暑い一日が始まった。

都美子は、いつものように不二子をおぶって会社の事務所に配給の雑炊をもらいにお昼前に家を出た。その日の朝、隣組から「正午には天皇陛下から大事な放送があるのできちんと聞くように」との連絡が来ていた。自宅のラジオの調子もよくなかったこともあり、配給をもらいに行くついでに事務所でラジオを聞かせてもらおうと思っていた。

正午少し前に事務所に着くと、社員やその家族たちがきちんと整列していた。不二子を背負った都美子もその中に並んだ。

そして正午に始まった。玉音放送である。

皆が一斉に神妙になり、泣きだす人もいた。都美子にはよく聞き取れなかったが、日本が戦争に負けたことはわかった。都美子は、泣き崩れる人を見ながらも、なぜかすっかり明るい気持ちになっていた。毎夜の空襲警報による避難や灯火管制などがなくなるであろうことに思いを馳せ、うれしさを感じていた。

実際に数日経つと、ラジオからは明るい洋楽も流れるようになった。進駐軍が来て、男たちは銃殺か奴隷にされ、女子供は何をされるかわからないと言った流言もあったが、都美子は、そうなったらそうなった時、どうなってもいいが、今、戦争が終わったという明るい気分を楽しみたいと思っていた。

一方、義勇と逸見は、京都で玉音放送を聞いていた。京都の隣、大津に工場候補地を得られそうな状況になっていたが、全国民に陛下のお言葉があると旅館で聞かされ、正午前に旅館に戻りラジオを聞かせてもらった。そして日本敗戦を知り、逸見と義勇は前日まで大きな交渉をしていたが、今後、会社というよりも日本がどうなるかという問題で、すべての仕事上の努力は水泡に帰すと思われた。そこで大津の工場用地についての契約はまだであったので、地主へは一旦留保をお願いして、二人は本社に帰ることにした。

* * *

義勇は逸見と別れ、福井に戻った。福井で待っていた都美子と不二子は、義勇の帰りを喜ぶのもつかの間、福井にいる意味はほとんどなくなり、今後、生活もどうなるかわからないということで、本拠を再び烏淵村に置くことにした。

都美子と不二子を烏淵村に送り届けると、義勇はすぐに東京に戻った。

軍と結びつきの強かったＳ通信は戦争が終わった今、何を目標とするか、はっきりしていなかった。少なくとも義勇のような社員には知る由もなかった。

しかしひと月も経たないうちに米軍の管理下に置かれ、通信機器の修理や供給などで仕事量自体は増え始めていた。

義勇も向河原の工場の再建に参画するため向河原に戻ったが、その時、逸見は体の変調を訴え、出社していなかった。終戦直後の八月十六日、京都で別れて以来逸見に直接会っていなかった義勇は、入院していた逸見を見舞った。そこには、わずか二週間の間にひどく憔悴しやせてしまった逸見を見ることになった。見舞いをした帰り際、逸見の妻が病棟の出入り口まで送ってくれた。そして逸見の病状について義勇に告げた。逸見の余命は多くて数か月と言い涙を流した。回復をまったく疑っていなかった義勇にとっては大変なショックで、かける言葉を失ってしまった。

生涯で最も尊敬していた先輩、逸見は、年末の十二月を待たず旅立った。全身がんに侵されていたと彼の妻から聞いた。義勇にとっては、終戦よりも逸見を失ったショックが大きかった。Ｓ通信での仕事というよりも逸見の下で共に働くことが、義勇にとって大きな生き甲斐であった。敗戦間近、追い詰められて先の展望も持てない状況であったが、逸見と一緒に仕事ができていることが義勇の生きる基盤だった。

S通信はN電気株式会社と名前を変えて戦後、平和下の日本の再生に力をつくす会社に変貌しようとしていた。

逸見と義勇とで終戦前日まで購入を交渉していた大津の土地は、そのまま進展し、家電の生産を主とする新会社を作る計画が持ち上がっていた。大津の土地購入の経緯もあり、義勇はその新会社への転勤を命ぜられた。

義勇は、逸見を失ったショックとともに、S通信に入った時のことを思い出していた。当時、就職先として外務省かS通信かの二者択一の中、すぐに面倒を見る必要があるわけではなかったが両親のことを思い、世界のどこに行かされるかわからない外務省を避け、国内のS通信を選んだのだ。

＊　＊　＊

終戦間際に烏淵村に疎開してくれた父母、善平とみよは、玉音放送からひと月も経たずに八丈島に帰った。

北緯三〇度以南の日本の島々、小笠原、奄美、沖縄は米国の統治下になったが、北緯三三度に位置する八丈島は、なんとか米国の占領下ではあるものの日本本土と同じ扱いとなった。

そのことにより、強制疎開した島民は戦後すぐ帰島することが許されたのである。そのうえ、戦地とはならなかったので、義勇の実家、つまり善平の家はそのままの形で残っていた。

義勇は、東京港に送っていった時の善平とみよの顔を思い出していた。年老いた父と母の顔に多くの苦労を刻んだしわを見た。

（やはり、長男として父母をそろそろ見る必要がある。そのためには大津では遠すぎる）

義勇にとって、その他の選択があるわけではなかったが、大津への転勤を受け入れることはできなかった。

義勇は、昭和二十一年二月、N電気（旧S通信）を退職した。

敗戦、尊敬する先輩の死――。義勇は少し考える時間が欲しかった。幸運なことに、経済的にはわずかではあるが少し余裕があった。

善平とみよも八丈島のもとの暮らしに戻れたとの便りをもらった。平和のありがたみをつくづく噛み締めた。

10　教育職

烏淵村には、都美子の親類の大地主など縁者も多く、食に困ることはほとんどなかった。そのためしばらく烏淵村で家族と暮らしながら将来を考えようと思っていた。平和が戻ったとはいうものの、戦後の混乱の中、将来のことを考えると言っても、世の中がどう動いていくか見当もつかなかった。戦中、戦後と会社のためにがむしゃらに働いてきて、敗戦と信頼する上司の死もあり、義勇は疲れていた。少し考えて好きなことを見つける浪人生活もよいと思っていた。

烏淵村の都美子の親戚筋には村のお偉方が少なからずいた。

都会の大企業で活躍した経歴を持ち、かつ、まだ若い義勇は、そこで村の助役から村の青年団活動のリーダーになることを勧められた。余暇活動として、村の若者が一致団結して何か楽しめるものはないかという相談だった。

義勇にはスポーツしか思いつかなかった。終戦直後、余暇についてなどまだ考えられない時代、農村でのスポーツの普及を考えるなど、義勇も、また話を持ち掛けた助役も、ある意味で先進的であったと言えるかもしれない。

義勇が本格的に指導するなら自信のある剣道がよかったが、当時、剣道はGHQにより禁止されていた。剣道では、技を仕掛ける際、「めーん！」や「どーっ！」と大声を出し、それを「気勢」というが、GHQ統治下の日本では特にこの気勢がいけないとされた。どうも、日本兵による玉砕前の総攻撃を思い出してぞっとするらしいとのことであった。そこで、声も出さず、袴もはかず、声を出してはいけない「撓《しない》競技」なるものが発明されたが、伝統も、おもしろみもないこの競技は、戦後まもなく剣道の復活の中消えていった。

それはともかく、烏淵村の青年に教えるスポーツとして、義勇は、より多くの人数で楽しめることもあり、野球を指導することにした。決め手になったのは、烏淵村長が、野球が大好きであったことである。そんなことで、なんとか野球道具は中古ではあるが村の予算や地元の篤志家の寄付で集めることができた。グラブは古い綿入れを利用した手作りのものも多かった。

実は、義勇は野球歴がそれなりにあった。

簡易保険局で剣道をやっているころ、野球部にも声をかけられ中途半端ながら参加していた。剣道で培った敏捷性でバッティングなどはある程度こなせ、ボール感覚は子供のころ流行ったテニスの経験も基本になっていた。戦前、米国のベーブ・ルースを中心とした大リーグ選抜チームが来日した昭和九年、読売巨人軍の前身である全日本軍が急遽設立されゲームが行われたり、早慶戦も華やかに行われていて、義勇はそれらの観戦にもよく出かけた。簡易保険局の軟式野球チームでゲームをやることも大好きであった。この時代、義勇にとって剣道が主で、この野球部での活動はあまり頻繁に参加していたわけではなかったが、なんと、都市対抗野球の予選で神宮球場でサードを守るという大役の経験もあった。硬式野球部が選手不足のため、軟式野球部のメンバーに協力の要請があったのである。これが義勇にとって初めての硬式野球であったというから、このころのアマチュア野球とはこんなものだったのである。

烏淵村での野球は青年たちを魅了した。地区に分かれて対抗戦をやり、楽しみに飢えていた時代、村人の観戦者を集め大いに盛り上がった。義勇の野球の指導は評判になり、村のお偉方にも周知のこととなった。

＊　＊　＊

野球を始めて半年ほど経ったころ、烏淵村の教育長をしていた都美子の遠縁の原伝之介が、義勇が中等学校の教員免許状を持っていることを知り、村の新制中学の教員にならないかと言ってきた。新制中学は昭和二十二年から始まり現在にも至る六三三制の中学である。戦後の大きな学制改革が始まっていた。

義勇は、教員になることを夢見て八丈島を出てきた。教員になるという夢を忘れてはいなかったが、いくつかの職種を経験した中で、三十代半ばも過ぎていたことから義勇の中で教員になるという現実味は薄らいでいた。

原教育長に誘われたことにより、義勇ははるか昔の八丈島を離れたころを思い出した。

（そうだ、教員は私の夢だった。貧しかった自分に、勉強のきっかけを与えてくれた小学校の時の佐藤先生。教師のふるまいが子供の将来に大きく影響することは身をもって知っている。反面教師も含めて、様々な先生に影響されて子供は育つのである。多くは素晴らしい先生に支えられて、島を離れ東京に出て、どうにかここまで歩んできたのだ。やはり教育者は素晴らしい職業だ。烏淵村で教員になることも一つの道かも知れない。しかし教員になるのなら自分の故郷の島に戻って、あの当時の自分のような子供たちに自分の経験を伝えたい。島の子供たちの夢の実現を助けられる教員になるべきではないか）

島にいる父母の顔も浮かんできた。向学心に燃えて島を離れる時、貧しいながらも黙って送り出してくれた父と母。戦時中、烏淵村まで疎開し、また戦後すぐに黙って島に帰っていった二人。決して島に戻って来いと言ったわけではなかったが、父母は明らかに老いていた。そのこともあり、大津への転勤命令を辞退しN電気を退職したのだった。

（教員をやるなら島に帰ろう。島から出て、いろいろな経験を積んできた私は、きっと島の子供たちに教えられることがたくさんある。教育新制度が始まる今が大きなチャンスかもしれない。帰るなら今が一番いいのではないか）

義勇の心には、そんな決意が膨らんできた。

11　帰島

原教育長には恩を仇で返すような形になってしまったが、義勇は教員の道という夢を思い出させてくれたことへのお礼を述べ、誠心誠意その心境を打ち明けた。それによって、原教育長も理解をしてくれた。

それよりも、義勇が思い立った島への帰郷は、都美子にとって青天の霹靂であった。（結婚の時、島へは帰らないということを言っていたはずなのに）

戦後の混乱で今は烏淵村で過ごしているが、まもなく大好きな東京へ戻って生活を始めるものと思っていた都美子にとって、八丈島へ連れて行かれるなど、まさに島流しにされる心境であった。実際、都美子はこの時の心境を一生涯忘れることなく、後の夫婦げんかの時はいつも「だまされた、だまされた」と言い続け、その気持ちは死ぬまで事あるごとに都美子の脳裏に浮かぶものとなった。

義勇と都美子と不二子は、昭和二十二年三月に八丈島に帰った。善平とみよはもちろん大歓迎であった。

二十一年ぶりに戻った島の生活。島の佇まいはあまり変わっていなかった。山のほうへ行くと戦争中に軍が掘った防空壕が多く見られたが、島は幸いにも戦地とならなかったことで通りなどは昔のままだった。

善平の人脈を頼って島の新制中学の教員への道を探ったが、人員は足りていてそう簡単にうまくはいかなかった。いろいろ教員の口を探してくれた大賀郷村の村長から「村役場の職員にならないか」との誘いがあった。義勇にとって、戦後の混乱期であるとは言っても、長く無職でいることは精神的にも経済的にもよい状況ではないので、村役場に就職させてもらうことにした。当時、村には大学の専門部を出たような、所調、高学歴者はほとんどいなかった。そこで、村長の計らいで、村役場は義勇のために「課」を作り（村役場の組織にそれまで「課」はなかった）、産業課長というポストを用意してくれた。

＊　＊　＊

ある日、村役場に通勤する通りの一角で、

「うぎゃー、ギャーウーウー×＊△?$%!!!??」

切羽詰まった人のうめき声のような妙な大声を聞いた。よく思い出すと、そこはかつて小学校の同級生、大地主の正治の家だった。

役場に出勤してから、この妙な大声のことを同僚たちに話した。しかし、皆渋い顔をして話題に乗る者はいなかった。義勇はすぐにまずい話題だったと感じた。

仕事の合間に義勇が小用に立つと、課員のKがすぐにやって来て、元大地主の正治の家には座敷牢があり、そこに入っているのは正治本人で、時々大声を出しているのだと教えてくれた。正治はすでに戦前から座敷牢に入っているのだという。

思い起こせば、正治は小学校のころ、義勇と席次の一番を分け合った相手であった。「正治が一番の甲、義勇は一番の乙」と工藤先生に告げられた。それで、義勇は師範学校への推薦を逃したのであった。

課員Kによると、その後、正治は師範学校へ進学したが、在学中に精神を病み、重度の神経症となり、島に帰されたとのことであった。正治は、島に帰っても回復することなく、奇妙な言動と危険な行動をとることが多くなり、実家の座敷牢に入れられることとなったという。

義勇は高等小学校のころを思い出していた。工藤先生が告げた「一番の乙」のことである。

（一番の甲の下なら僕は二番ということでいいではないか。なぜ甲乙で分けるのだろう）

義勇は子供心に長い間、不思議に思っていた。

大人になってからは、このことをすっかり忘れていたが、今、工藤先生の告げたことを昨日のことのように鮮明に思い出した。何十年も前の子供時代のことではあるが、やはり、何か割り切れない悔しい思い出として、無意識のうちに脳裏から消えることがなかったのである。

そして、大人になった今、反芻し少し理解できる気がした。やはり、義勇を明らかに正治の下の二番とすることは、工藤先生にとってわずかに残っていた彼の良心がとがめられることだったのだろう。それを工藤先生自らが妙な納得をするため、子供である義勇をわざわざ呼んで、甲乙つけがたい一番であることを告げたのに違いない。

義勇は正治を気の毒に思った。

（正治の母親と工藤先生が仕組んだことで無理やり持ち上げられ、能力以上の負荷をかけられて神経症になってしまったということではないだろうか）

三十代になっても十代に工藤先生から受けた不可解な言動を明確に憶えていることは、教員を目指す義勇にとって、教員の言動が如何に重いものであるかを如実に教えてくれるものであった。そして、それ以上に一人の子供の人生を取り返しのつかないものにしてしまった進路指導は、教員というものが極めて重い任務を背負っており、誠実な指導をすることの重要性を示すものであった。

正治の悲惨な今の姿を知り、義勇は人の本来の能力とその中での努力の関係が、精神の健全さを保つのに重要であると思うようになった。すなわち、人それぞれ、やはり器があり、そこに詰め込み、引き出せる能力の量は決まっているのではないだろうか。器に目いっぱいに水を入れれば、わずかな揺れで水はこぼれてしまう。水は八分目まで入れてそれ以上は詰め込まないことが、健全な精神で人生を歩むのに重要なことかもしれない。

義勇はこの時に得たこの考えを信じ、その後、教員になってから、生徒たちに、また自分の子供たちにもしばしば伝えた。特に自分の子供たちには、もっと頑張れとか、もっと目いっぱいやってみろ、など、無理をさせる言動は一度もしたことはなかった。

この時から十数年後、長男の広が島から本土の高校へ進学する際、頑張ってこいという言葉はまったくかけなかった。

「つらくなったら、いつでもこの家に戻ってきて、のんびりすればいいからな」

まるで、最愛の娘を嫁に出す父親の言葉のようである。広には少し拍子抜けするものであったが、義勇の心にはいつまでも、正治のこの一件がただよっていたのであろう。

＊　＊　＊

さて、教員への夢を捨てきれぬまま役場職員となり二年目の秋、思いもかけず義勇に教壇への道が開けた。昭和二十三年四月、八丈島に東京都立園芸高校の分校ができた。次の年の二学期から英語を教える教員が足りず、義勇に声がかかった。非常勤講師として英語の教員になったのである。

その後、義勇の教員への道はとんとん拍子にうまく進むこととなる。園芸高校八丈分校は昭和二十五年に都立八丈高等学校として独立。その年の九月に義勇は役場職員を辞し、この高校の教諭として採用された。

▼

12 清

義勇が八丈島に帰る少し前、義勇と都美子は鳥淵村で都美子の兄、清に再会できた。清は、ニューギニア戦線での数少ない生き残り組であった。

＊　＊　＊

昭和十九年、清は戦況の厳しくなったニューギニアに自動車隊の中隊長として送られたが、自動車の配備もされず、また中隊とはいうものの五十人ほどの小隊を率いるニューギニアのサルミ飛行場の守備隊として送られていた。サルミの前線では、熾烈な戦闘があったが、清の中隊は自動車技術者を中心とする集団の後方守備隊であったため、その戦闘に巻き込まれることはなく、戦闘直後までは無傷であった。

その後、日本軍は後方の山に入り持久戦となった。物資の補給はまったくないまま、「持久せよ」との命令を受けて、中隊ごとに分散した。清の隊は、その後、上層部との連絡も途絶え、ジャングルの中で転進という名の敗走を続けた。清の中隊だけでなく他の隊もばらばらとなり、日本軍として統制が取れる戦略を描けるものではなかった。補給路は完全に断たれ、飢餓との戦いが待っていた。

清は、この戦争が無謀なものであり、ニューギニアでの戦術も展望もないことを知っていた。玉砕することは一つの美談として語られていたが、それは本来の軍人の取るべき形ではないと個人的には考えていた。隊は可能な限り生き抜くことだ。

ある時、山間の小さな集落に出てきた。食料を確保できるかもしれない。住民に向け、部下が銃を構えて威嚇した。その際、清は、すぐさま住民に銃を向けるのをやめさせた。抵抗するような人々ではないと思ったからである。貧しいながら、普通の生活をしている善良そうな人々であった。清は幼い子にわずかに残っていた飴玉をポケットから出して与えた。すると、その母親と仲間たちがなんと小さなサツマイモを兵に与えてくれたのである。

中隊の食料もほぼ尽きて、集落から食料の強奪を謀る隊もあったと言われる中、清たちはなんとか平和的に食料を分けてもらうことを考えていた。それが、思いもよらず施しを受けたのである。現地の住民としては、なんとかこれで我々の前から消えて欲しいという意思表示だったのかもしれないが、清たちは深くお礼を言って、また山岳地に戻った。

転進を続ける中で、いよいよ手持ちの食料も尽き、わずかに砂糖が残っているだけとなった。そんな中、飢餓に苦しむ部下の一人が、計画的に小分けにしていた砂糖の包みを一つ盗み食べたことが発覚した。清は、隊長として強く叱責した。その部下は、次の日、行方不明となった。その翌日ジャングルで首を吊っているところを戦友が発見した。そのころの隊は敵と戦うことはなく、飢餓との戦いのみであった。清たちは、小動物やトカゲなどはもちろんのこと、食べられそうな草木、虫、あらゆるものを口にした。そのことで死者も出た。栄養失調で体力を失っているうえにわずかな不調も死につながった。

ある晩、清は野戦用の蚊帳の中で寝ていると、砂糖を盗んだ兵がやって来るのが見えた。蚊帳をめくることもなく、気づけば枕元に直立不動で立った。悲しい目をして立っていた。恨み言を言うわけでもなく、ただ悲しい顔をして立っているのだ。清は初めて幽霊を見た。その兵は直立不動のまま、すうっと消えていった。戦後、平時になって、彼を強く叱り過ぎたかもしれないと思うこともあったが、この時は、すでに感情さえも持ち合わせず、その姿だけがくっきりと脳裏に焼き付いた。

昭和二十年の八月半ばを過ぎると、米軍の航空機から多くのビラが降ってきた。怪しげな日本語で、日本は無条件降伏したので日本兵は投降するように、との内容が書かれていた。このビラは数日間撒き続けられた。清の隊は、多くが飢餓と病気で倒れ、マラリアにも襲われ、十数名になっていたが、誰もこのビラの内容を信じなかった。清自身もマラリアに罹っていた。

それから数日後、再びビラが撒かれたが、すでに誰も拾う者はいなかった。しかし、ある日、ひらひらと落ちてきたビラに毛筆で立派な字が書かれているのを発見した兵がいた。清に持ってきて見せた。このビラには、ニューギニア戦線を指揮しているはずの安達軍司令官の達筆な署名のある「日本兵に告ぐ」というビラであった。

清はここに至り、日本が負けたことを信じた。部下の中には、ビラはアメリカの罠だと考える者もいたが、清は投降することを決断した。

（自分の判断が正しくても間違っていても、ここまで生き残った部下たちは、何としても生きて日本に帰してやろう。自らは隊長として銃殺されるかもしれないが、その時は部下の無事と引き換えにするよう強く迫ろう）

そう固く誓った。母の顔が浮かんだ。中学の時に病死した父の顔も浮かんだ。

ふらふらとサツマイモをくれた集落のほうへ向かった。

集落に出る直前で、連合国軍の兵士たちと出くわした。清の隊は泥で汚れてはいるが、白旗に見立てた晒を銃に着けていたため戦闘にはならなかった。この辺りは戦前オランダ領の地域であることからオランダの治安部隊が警邏していた。

清たちは捕虜となり、サルミの町に連れて行かれた。車のなかった自動車隊はニューギニアの地で、初めて連合国軍の捕虜運搬用だが車に乗った。そして捕虜の食べるものとは信じられないほどの立派な食事にありついた。清は物量の差を実感し、日本の無謀な戦争を再認識することになった。

ニューギニアの捕虜収容所で、捕虜に対して、人道に反した戦争犯罪を犯したBC級戦犯を裁く軍事裁判が開かれた。清の隊を担当したのはオーストラリアとオランダの連合国軍であった。

これらの裁判では、厳密な国際法の下での、裁判というより日本への報復的なものもあったことが知られている。投降した日本の小隊の中には、飢餓に耐えられず、食料を手に入れようと集落を襲った者たちもいた。彼らは、次々と抑留され、後に死刑や懲役の判決が出された。

清の中隊は、かの集落でサツマイモを得ていたことから、具体的には、その集落を襲ったとの嫌疑をかけられていた。清が尋問にかけられた時、証人としてかの集落の住民が現れた。その中に、清が飴を与えた子供の母親がいた。彼女が「この人は、とてもいい人です」と言ってくれた。いや、通訳を介して、そのように言ってくれていることがわかった。清の中隊は、どの集落も襲ったことはなく、むしろ、住民から飴の見返りにサツマイモまで施されていたことを連合国軍が知ることとなった。そのことにより、清も含め中隊は全面無罪であった。

清の目から涙がこぼれた。中隊を率いて以降、初めてのことである。極限の緊張から解放された時、多くの餓死、病死の部下たち一人一人の顔が浮かんだ。そして、自分自身は上官であるがゆえになんとか生き残れ、捕虜となり、戦犯とならなかったことに、申し訳なさと得も言われぬ恥辱を深く感じた。しかし、それとはまた別に、復員すれば母に会えることを素直に喜ぶ自分がいた。

結局、清が日本に帰還できたのは、終戦から八か月も経った昭和二十一年四月であった。清は復員船で浦賀に上陸した。

日本の地を踏むと真っ先に東京蒲田の家を目指した。蒲田から道塚まで歩き、もとの家を探したが、そこには建物も何もなく、それらしい場所は道路になっていた。この蒲田の家が戦車道路になったことは知らず、また、焼け野原でそこが道路であることもはっきりとはわからなくなっていた。

清は、近くのバラックで雑炊を食べさせる店に寄った。その店主をよく見ると、清の出征前から原家がよく魚を買っていた魚屋の老主人であった。隣組がやってくれた蒲田駅での清の出征の壮行会にも、この主人は来ていたことを思い出した。主人に清は声をかけた。みすぼらしい敗残兵が清であることをわかるのに時間はかかったが、帰還兵の姿に慣れていた主人はそれほど驚かなかった。

「ああ、あれまあ、原中尉殿だね。よーくご無事で戻られた。お母さんたちも喜ぶだろうね。そうそう、原さん御一家は、もう大分前に戦車道路のための立ち退きがあって、大森の堤方のほうに引っ越して行ったと聞いているよ。……ただ、堤方のほうも焼け出されているだろうから、どうなったかな？」

主人は独り言のように清のほうを見ずにつぶやいた。

清は不安になった。壊滅した東京を見て、空襲の時、逃げ惑っている母を想像した。ただ、義勇さんに母や妹と一緒に住んでくれるよう頼んで了解をもらったので、彼はうまく原家を守ってくれているはずだ、と思いを巡らしていると、主人は少し、希望的なことを言ってくれた。

「あなたのお母さんだったかな。ある時、疎開の話が出てね、何だか群馬のほうに行けるところがあるとか言ってたね。そちらのほうかもしれないね」

清は主人に深く頭を下げ、すぐに堤方へ行ってみた。しかし、そこは焼け野原によ
うやくバラックが建ち始めた、荒涼とした風景があるだけで、まったく母たちの消息はつかめなかった。ただ、魚屋の主人の言葉が希望だった。群馬の疎開先と言えば烏淵村のはずである。そこへ行った可能性を信じて、すぐに蒲田駅まで行き、高崎へと向かった。

清は信じた。

（疎開していれば、皆、なんとか無事でいるはずだよな）

母に自分が生きていることを一刻も早く知らせたい思いで清は烏淵村を目指した。

烏淵村は清の父吉太郎の出身地で、父の実家には吉太郎の弟、原亮二郎が元気でいるはずだった。父の実家、今では叔父亮二郎の家だが、中学のころ、父と訪ねて以来行ったことはなかったが、うっすらとした記憶でどうにか見つけることができた。

清の姿に亮二郎は驚いた様子だったが、あまり多くのことは語らず、すぐに清の母

と姉妹が住んでいる家を教えてくれた。亮二郎は、清の一家は、遠縁の空き家になった大きな農家を借り切って、皆元気でいるような話をし、

「うちに上がって一服させてあげたいけど、それよりすぐにご家族皆に会いたいだろうね。すぐに行ってあげなさい」

亮二郎は言った。亮二郎のどちらかというと追い払うような言いように、清は少し違和感を抱いたものの、清もそのつもりで、お礼もそこそこに大きな農家に向かった。

亮二郎は、清の家族について何も言っていなかったので、清は、元気でいる母や妹たちにすぐに会えるものと思い、うれしさで小走りに行こうとしたが、何しろ空腹で心とは裏腹に足元がおぼつかなかった。

大きな農家はすぐに見つかった。玄関をがらりと開けた。さて、何と言おうかと考えているうちに妹たちが出てきた。

姉妹は、清のその姿に驚いてしまった。妹たちが見とれるほど立派な陸軍中尉の軍服姿で、輝く白手袋で出征した清が、どこの誰ともわからない薄汚れた不精髭だらけの、痩せぎすのみすぼらしい不潔な敗残兵の姿で立っていた。だから妹たちが、この

敗残兵が兄であることを瞬時に確認するのは難しかった。

「奇跡的に生きて帰れたよ。話すことは山ほどあるんだ。お前たちが無事でよかった。母さんはどこか行ってるのか？」

清は玄関先で尋ね、母を捜すように奥の部屋へ視線を移した。妹たちは、

「お兄さん……よかったよかった。本当にご無事で……」

とそれぞれに言ったきり、母すゑのことを切り出せなかった。

「お母さんは……亡くなったのよ」

都美子がなんとか声をふりしぼった。

清は一瞬の沈黙の後、くたびれ果てた目から大粒の涙を流し、「おー」とも「ぐおー」ともわからない声を出し、あたりかまわず号泣した。

「母さんに一番会いたかったんだ。一刻も早く俺の無事を知らせたかったんだ！」

清は玄関で子供のように泣き崩れた。

＊　＊　＊

清の帰還後、数か月しないうちに都美子は義勇と共に八丈島に行ってしまった。

清は復員後すぐ、山持ちの原本家筋の山林から材木を切り出す仕事を烏淵村で始めた。復興の時代で、材木屋の商売は好調であった。終戦直後に運よくトラックを手に入れ、材木の運搬に使っていた。戦時中、ニューギニアに清は華々しくも自動車隊の中隊長として出陣したが、ニューギニアでは一台のトラックも配備できず、歩兵部隊として敗走するばかりであった。結局、トラックの運転技術は、戦後平和になってから花開くことになったのである。

そうこうしている間に、親戚筋から清の結婚話が出てきた。いとこにあたる瑞子とお見合いをすることになった。

清は原家の家長ではあったが、家族とどうしても相談したかった。昔から最も気楽に話せてどこか気が合うのは都美子である。母すゑ亡き後、清より七つも年下の都美子が母代わりという意識は特にないものの、清は無性に都美子に会いたかった。八丈島に行ってしまった都美子に、どうしても会いたいので烏淵村に来て欲しいという手紙を書いた。清の見合いのこと、原家の今後のことで都美子に是非相談したいという簡単な文面であった。都美子は妊娠中であったが、大好きな兄の一大事、どんな相談なのかわからないが、手紙の書き方が簡単すぎるがゆえに尋常ではないように都美子には思えた。

手紙は義勇と都美子の二人に宛てたもので、義勇も都美子が出かけることを勧めた。島の生活にまだなじめていない都美子にとって、島を出て本土に行けることはうれしいことで、兄の相談事が心に引っ掛かりはするものの、うれしい思いもあった。

昭和二十三年十一月末、都美子は重い体のうえ、幼い不二子を連れて船に乗った。東京へ、さらに汽車に乗ってバスに乗って、妊婦にとっては過酷な長旅の末、烏淵村に着いた。

清の相談は、今回の見合いについて、都美子に何か意見を言って判断してもらいたい、というようなものではなかった。

戦争に行く前、東京に実際にいた清の恋人の話であった。戦後はその人と生き別れ、どこに行ったかわからないとのこと。清は烏淵村に落ち着いてから東京へ捜しに出かけたが、戦後の混乱の中でその人の生死はもとより何の手掛かりも見つからなかった。結婚の約束をするほどまでには進んでいなかったが、その人の話をとにかく打ち明けたかったのだ。誰かに吐露することで、自分の心に言い聞かせようとしているようだった。

確かに、心を許して感情の流れるままに話すことができるのは、母亡き今、都美子しかいなかった。感情からあふれる言葉をすべてさらけ出し、それを受け止めてくれる都美子がいることで、清の心はすっきりした。

清と瑞子は結婚することになった。

一方、お腹の大きな都美子は、八丈島に帰るには少し危険な状態になってしまった。烏渕村の産婆の助言で、烏渕村でお産をすることになった。結局、二か月後の昭和二十四年一月、烏渕村で長男広《ひろし》が生まれた。

13 賛美会

広を連れて都美子が八丈島に戻り、八丈島での四人家族の生活が始まった。

義勇の父善平は、都会育ちの都美子と島の昔ながらの暮らしをする自分たちとは、生活スタイルが大きく違うことを実感していた。善平もみよも都美子に遠慮せず、今まで通りの島の暮らしを続けたかった。そこで母屋の土間を二つに完全に仕切り、台所を分け、食事も義勇の家族とは一緒にしなかった。現在で言えば二世帯住宅に改造したわけである。

善平とみよは、囲炉裏のある狭い居間と小屋のような土間の台所で生活をするようになった。善平もみよも、まもなく七十歳になろうという歳であったが、いたって健康で、善平は、牛を飼い、自転車に乗り、畑仕事をし、磯に出かけ、海に潜って魚を突いたりの昔ながらの仕事をしていた。そして善平は突いた魚を都美子のところに持ってきて、さばき方や料理法を教えた。

世帯を分けて生活していたとはいえ、ほどよい関係で、近所付き合いや島の料理を覚えるなど、都美子が島の生活に慣れていくのに良好な環境ではあった。

＊　＊　＊

昭和二十五年九月、義勇はめでたく都立八丈高等学校教諭に採用された。九月にそれまで都立園芸高校の八丈分校であったものが、都立八丈高校となり、それに合わせて義勇も採用されたのである。

この都立高校の設立の際、島ならではの問題が起こっていた。旧制中学もなかった島に独立した新設高校ができるのである。島内のどこに建設するかで、島内の村の間で争いが起こった。島の人口の最も多い三根村《みつねむら》と広い土地を提供できた大賀郷村《おおがごうむら》で高校の激しい誘致合戦が始まった。

この二つの村はいつも張り合っており、後に島の五つの村が統合して八丈町となる過程でもぎくしゃくした。先に統合のイニシアティブを取った三根村は島の東部の三つの村、樫立《かしたて》村、中之郷《なかのごう》村、末吉《すえよし》村、さらには八丈小島にあった鳥打《とりうち》村を統合し八丈村とした。その際、大賀郷村と八丈小島にあったもう一つの宇津木《うつき》村は統合に反対し、八丈村には入らなかった。しかし結局翌年、東京都副知事の説得でこの二村も統合され、八丈町となるのであるが、このように三根村と大賀郷村の対立は根深いものがあった。

都立高校は、この根深い対立の中、大賀郷村に設置することが決定した。

これに不満を持った三根村の有力者たちは、三根村には私立高校を誘致することを試みた。名門の明治大学にコネを持っていた三根村の有力者の力で、明治大学にこの話を持ち込んだ。その時の明治大学総長がへき地教育に興味を持っていたということもあって、明治大学付属八丈島高校を三根村に誘致設立することに成功した。昭和二十五年のことである。

日本屈指の名門明治大学歌を校歌として、明大の伝統の校風をなびかせる、明治大学付属八丈島高校の華々しい開校である。この付属高校の卒業生の明治大学への推薦入学の枠も考えられ、三根村の人たちは、大賀郷村の都立八丈高校を完全に凌駕したと誇らしく思っていた。

しかし、中学生の人数がそれほど多くもない小さな島で、高校が二つあることはなんとも過剰であった。私立学校の場合、初めから経営難となることは目に見えていた。

一方で、相互に対抗し切磋琢磨する二つの高校があることは、島民にとっても生徒にとっても、必ずしも悪いことではなかった。二つの高校の運動部の部活動は、対校試合を行い、早慶戦ならぬ八明戦として、特に野球などは、島をあげての娯楽という要素も含み、島の活気を盛り上げるのに役立った。

三年が経ち、明大付属高校はようやく卒業生が出るころになって、私立高校としては、なんとも生徒数が少なすぎ、明大の経営上、大きなお荷物となってきてしまった。総長のへき地教育の研究と考えても、高校経営の予算は明大にとって過大すぎるものであった。結局、設立から五年目の昭和三十年、明治大学付属八丈島高校は廃校にすることが明治大学理事会で決定された。

丁度卒業する生徒はいいが、在校生はどうするのか。もちろん、廃校の決議の前に、生徒の不利にならないよう、昭和三十年三月、廃校後の四月より全生徒が都立八丈高校に編入することが決まっていた。しかし、明治大学付属高校に誇りをもって入学した生徒にとって、自らの力ではどうしようもない、ある意味理不尽な体験であった。明治大学としては付属高校の廃校とともに、在校中の新三年生と新二年生を都立八丈高校に無条件で編入学させてもらう形を依頼し、都立高校側の同意も得ていた。

ところが明治大学付属に在校中の生徒には、編入ではなく明治大学付属高校と都立八丈高校との対等合併で新しい高校になるのだというように、明大側の先生から伝えられていた。つまり、明治大学付属高校の生徒たちは、母校が消滅するのではないと信じていた。

しかし、新しい状況の中、生徒たちは、あの栄光の明治大学付属高校が廃校になり、都立八丈高校に編入学したことを知ったのである。特に新三年生となった明大付属高校の生徒たちは、これまでのプライドがずたずたにされてしまったような心持になっていた。さらに、都立八丈高校への編入という形のため、履修単位調整により不足単位数があることがわかり、編入した生徒だけのクラスが作られ、三年B組となった。不足単位数のため、このクラスは、一年生から都立八丈高校に入っていた在校生よりも、週三時間多く補習授業を受けなければならなかった。

そんなやりきれない気持ちと、余分の授業を受けねばならない不公平感は不平不満となり、クラスは荒れていた。

＊　＊　＊

四月からこのクラスの担任となった入谷教諭は、荒れたこのクラスを治めきれなくなっていた。

「生徒たちは、自分たちの置かれた状況を納得していなくて、まったく話を聞いてくれない。余分にやる三時間をボイコットするなどの態度に出ていて、私にはとてもあの生徒たちを教えることができない」

四月早々の職員会議で、入谷は訴えた。

会議では、侃々諤々の議論がなされ、最終的に校長の判断で、義勇に担任をやってくれないかということになった。義勇が生徒たちと同じ島出身の大先輩であり、高校を取り巻く島の事情もよくわかっているということが校長の頭にはあった。確かにそのころの都立八丈高校の教諭の中で、八丈島出身者は義勇だけであった。義勇も担任の交代があるのなら自分がやってみてもよいと思っていたところであった。

結局、五月から義勇がこのクラス、三年B組の担任となった。

五月の初めに、義勇は3―Bのクラスと初めて向き合った。ざわざわとしたクラス。横の者と勝手におしゃべりをしていたり、逆に顔を両手で隠し肘をつき、だんまりを決め込んでいる者。確かに教師に対して反抗的な雰囲気がただよっていた。

「おはよう。入谷先生に替わって今日からこのクラスの担任になる三浦義勇だ」

ざわざわとした雰囲気は変わらなかったが、義勇は構わず続けた。

「入谷先生は、君たちとなかなかなじめないというか、君らがまったく先生の言うことを聞こうとしないということで、大変お困りになっておられる。そこで君たちの担任を私と交代したということです」

義勇は、担任交代の理由を、表面上きれいに取り繕っても皆がわかっているだろうし、意味がないと確信し、単刀直入に話を始めた。

「私は君らと同じ八丈の出身だ。島外から来て島のために働いている入谷先生がお困りだということで、島の人間としてお助けするということは当然のことと思っている」

島の出身だということが効いたのか、生徒たちのざわつきが少し収まった。さらに続けた。

「君たちの無念の気持ちはよくわかる。そうした中で、もし君たちがここで自暴自棄のようなことになっておかしな行動をしたら、どうなるだろう？　君たちはあの天下の明治大学の教育を二年間受けてきたのだろう。その明治大学に傷をつけることにならないだろうか」

生徒たちが誇りとしていた明治大学の栄光を思い出させる一言だった。これは義勇が意図的に持ち出したものではなかった。素直に思う気持ちで語りかけたのである。結果的には、3―Bの生徒たちが持つプライドを思い出させることになった。

「明治大学は、君らを放り出したわけではない。都立八丈高校ときちんと話し合い、両校とも君らの将来が傷つかないように、君たちを教えてきた先生方はつらい努力をしてきた。ましてや、明治大学の先生方のつらい気持ちを、その教育を受けた君らが受け取らないというようなことがあれば、君ら自身が明治大学を貶めることになってしまうのではないか？　明治大学に誇りをもっている君たちがそんなことでは、明治大学がつらい上にさらに悲しむことになってしまう」

義勇の中にこのような言葉がすらすらと出てきた。自分でも不思議に思っているほど、よどみなく言葉を続けた。

この言葉は、生徒たちの心を大きく動かした。明治大学付属としてのプライドとは何であるか。それを保つには何をなすべきか。生徒たちに思い起こさせた。

義勇はそのようなことを画策して話したのではなかった。ただ、誠実に生徒たちの気持ち、それだけではなく明治大学付属高校の教師たちの気持ちをもおもんぱかって、心の底から出てくる義勇の気持ちを表現したに過ぎなかった。

クラスは静まり返った。女生徒の中には、目にハンカチをあてる者も出てきた。

その後、このクラスは見違えるような素晴らしいクラスになっていった。五月末、義勇は、クラスの代表、山田から、クラスのパーティーを開くので参加してくれないかと誘われた。もちろん断る理由もなく参加を約束した。山田の家はハイヤー会社で、その二階で土曜日の夜にやるという。

義勇はうれしかった。反抗的な生徒は一人もいなくなり、義勇を担任として認めてくれるクラスになったと思った。

義勇は、パーティーが始まる時間に遅れないように出かけた。会場に行ってみると、クラスの生徒が皆集まり、テーブルの上にはすき焼きの鍋がいくつか煮えている。そのうえ、驚いたことに島酒の一升瓶がいくつか用意されていた。

(高校生のパーティーに酒……)

義勇は一瞬、どうするべきか躊躇した。ここで、「未成年のくせに酒とは何事ぞ！」と一喝して叱るべきか、それとも……。

(生徒たちはある意味、俺を試しているのではないだろうか？　どこまで生徒側に立ってくれるのかを試しているのでは？）

義勇の決断は早かった。

「よーし、今日はとことんやろう。今日は義勇先生ではなく、君らの同級生の〝よっちゃん〟でいい。そう呼んでくれ。さあ、酒を注いでくれ」

生徒たちは歓声を上げた。義勇は腹を決めていた。これが問題になるなら、なってもかまわない。クビをかけて生徒ととことんやってみよう、と。

義勇はもともと酒には強いほうだったが、島酒は芋焼酎である。がぶがぶ飲んでみせた。そして、生徒の前でひっくり返ってしまった。生徒たちは驚いて、数人が山田の家のハイヤーで義勇を家まで送り届けてくれた。

この事件で、生徒と義勇の絆のようなものが生まれた。生徒たちは義勇のことが大好きになった。

後にわかったことであるが、生徒たちは、義勇を試しているわけではなかった。この時代、またこの島の風潮として、高校生くらいになると、酒を飲むことに社会的な抵抗はなかった。明治大学付属高校では、クラスのパーティーで酒が出るのは普通のことであった。現代では決して許されることではないが……。

義勇が生徒と酒を飲んだことは、義勇が隠していたわけではなかったが、その後ほとんど問題にならなかった。

逆にクラスのまとまりが素晴らしくなり、その年の秋の運動会で、クラス対抗で競う仮装行列パフォーマンス大会で優勝をした。それは、クラスの全員が白装束を纏い、マッチの頭薬に見立てた赤い布を頭に巻き、「マッチの兵隊」という一糸乱れぬ見事な行進を披露し、優勝をかざった。クラス全員が気持ちを一つにしていた。確かに美しい行進だった。一人一人優秀な生徒たちであった。

教員も交えたクラス対抗の仮装大会では「かちかち山」を演じ、担任の義勇が悪役のタヌキを、副担任の三島先生がうさぎ役をやり、場内は大いに沸き、これまた優勝した。

副担任の女教師三島先生は明大付属高校から都立八丈高校に異動した先生であった。明治大学付属高校が廃校になった時、何人かの明大付属の先生を都立八丈高校の教員として採用することになっていたが、三島先生もその一人であった。

義勇と三島先生が優勝したことは、このクラスの生徒たちにとっても、また先生たちにとってもうれしい出来事であった。クラスのまとまりは前にも増して強くなっていった。


都立高校への編入、混乱を経て、まとまりのあるクラスとなったこの三年B組の卒業が近づいた三月初め、ホームルームでは、皆の絆を大切にする意味で卒業後も皆でたびたび集まりたいという意見でまとまっていた。

「ただの同窓会というようなクラス会ではなく、特別な会の名前を付けたいと思うのだが。どうかな?」

リーダー格の小宮が言い出した。

「賛成だな。それなら、うーん、我々は明治大学付属から転校したわけで、都立八丈高校の普通の卒業生とは違うので、明治会というのはどうだ?」と浮田が言った。

「いや、明大から脱皮し一新した僕たちのクラスなのだから、そんな名前を引きずるのもよくない気がする」と小宮は言う。

「それなら、我々は八丈高校も明大付属高校も経験した特別な学年だから、両方から取って八明会というのはどうだ。八明戦という試合の思い出もあるし」と浅沼が提案した。

「うーん、なかなかいい感じでもあるが、でも、やはり、明治を意識しなくてもいいんじゃないか」

　このようなことで様々な意見が飛び交うことになり、会の命名は頓挫しそうになった。

　義勇は、このクラスに特別な名前を付けるのには大賛成であった。そのやりとりを聞いていて、このまま名前が決まらず、皆卒業してバラバラになるのはなんとも寂しいと思った。生徒たちの自主性に任せるのが一番とは思ったが、同窓クラスの特別な名前を付けることを忘れさせないために口をはさんだ。

「このクラスは三年B組だから、さんびーかい、賛美会という仮の名前を付けておいたらどうだい？」

思い付きであったが、義勇は提案した。ダジャレである。名前はなんでもよく、後で変えてくれればよかった。特別のクラスだったという意識を皆が持ってくれていることが、義勇には無性にうれしかった。

「また、卒業後にも集まって名前を考え直せばいいのではないか」

結局、「賛美会」はこの後何十年も変更することなく同窓会として続くことになり、義勇もいつも招待されることとなった。仮の名前と言われた同窓生たちは、その後ももちろん真剣に命名を考えたが、賛美という言葉を凌駕する名前は思いつかなかった。

各自、明大を賛美、八丈高校を賛美、編入の痛みから仲間とまとまる喜びを賛美、卒業への賛美、再び集まれることへの賛美、すなわち人生への賛美、それがクラス３―Ｂに由来する奇跡。

義勇の瓢箪から駒の命名であった。

義勇が担任としてこの３―Ｂの生徒たちと一緒に過ごした期間は、実際には十一か月に過ぎないが、義勇にとって教員生活の中で最も印象深いクラス、生徒たちであった。

また、義勇の教員経験の浅いうちに出会った難題と、それをいい方向に向けることができたことで、新米教員としての義勇を育てるよいケーススタディーであり、義勇に大きな自信を与えることになった。相手の気持ちを理解し、信じ、かつ誠実に対処するという、考えてみれば当たり前のことであるが、そのことが、教員としての、いや、人としての義勇を支えるベースとなった。

14　新任教員S

昭和三十六年度から義勇は都立八丈高校定時制主事となった。夜間部の教頭である。前任の主事の定年退職で、校長から義勇に打診があった時、丁度、長女の不二子が高校の昼間部（全日制）に入学する時でもあった。島のような小さな田舎では、教員をしている親が実の子供と他の生徒たちを一緒に教えるというのは、しばしばあることではあるが、これを機に管理職昇進ということもあるし、定時制に異動すれば、娘を職場で直接教えるという一種の気まずさもなくなるし、ということで快諾した。

それまで、高校の教員組織の中で昇格人事は各校の校長が推薦すれば決まっていたが、この年から管理職選考試験を行うことが東京都で決められた。

義勇は試験に縁があるようで、実は昭和二十五年に高校教員になる年も、丁度、戦後第一回の東京都の教員採用試験が実施された年であり、受験をして教員になってい た。管理職選考試験の受験資格は教員経験十年以上という条件があったが、義勇は管理職選考試験受験の年にぎりぎり十年となった。いずれも第一回の試験ということで、競争率が高いわけでもなく無事に合格することができた。丁度、戦後の社会制度が整備されつつある時代を生きてきたということである。

定時制は働きながら学ぶ生徒のための高校である。

都立八丈高校の定時制は昭和二十四年に始まった。この時はまだ都立園芸高校八丈分校で、八丈高校となる前年であったが、実は、義勇は正式な都立八丈高校の教員になる前、村役場の産業課長をやりながら、高校教員の不足の中、校長から頼まれ、この昭和二十四年に始まった定時制の非常勤講師をやっていた。

昼間、村の産業課長の仕事で、東京都から補助金を得るため、島にある都の出先機関（東京都八丈支庁）に出かけ、そこにいる都の職員に平身低頭して補助金をいただいてくる仕事もしていた。おもしろいことに、その東京都の職員が、夜になると義勇の教えるクラスの生徒として教室にいることもあった。昼と夜で立場が逆転するのである。

このように定時制の初期のころは、実際に家の経済的事情で全日制の高校には行けないが、昼に仕事をし、夜に学ぶ、向学心に燃えた生徒たちが集まっていた。義勇が定時制主事になった昭和三十五年ころは、設立当時と同様にそのような生徒が集まっていた。

しかし、昭和四十年近くになると、生徒の状況が変わり始めた。

全日制の普通科や職業科に入れなかった、いわば勉強が特に好きでもない生徒の割合が大きくなってきた。すると、やはり、全日制の教育の状況とは少し違う問題が多くなる。家庭が貧しかったり、家庭内の問題で家での幼少期の養育に問題があったり、どうしても青年として、人として、問題を抱えている生徒が少なからず入学してくるようになってきた。そこでは、学科を教える以前に、生活の規律、生徒の自律などを指導する人間教育に重点を置かざるを得ない指導が必要とされた。

一方、定時制の教員はというと、これもある意味でユニークな構成になっていた。定時制の組織は主事の下に若い六名ほどの教員がいた。教員たちは、義勇に比べるととても若く、二十代、三十代で、大学を出たばかりの新採用の教員が、毎年一人、二人と入り、総勢六名ほどになっていた。多くは、三～六年ほど勤めると、本土の学校へ異動し島を出て行った。一学年一クラス、一クラスの生徒数二十二、三名、定時制全部で九十名ほどの生徒を、この数の教員で見ていた。

そして義勇の方針、人間教育が徹底されていた。誠実であること、人を信頼し尊重すること、決して裏切らないこと。人生経験が圧倒的に違う中、義勇の誠実さは、若い先生に新採用直後からすぐに伝わり、若い先生は義勇を尊敬するようになっていった。

＊　＊　＊

東京の大学を出てすぐに都立高校の教員に採用されたSは、島という特殊な場所での教員を自ら望んだとは言え、不安を抱えたまま、昭和四十四年の三月、家族に見送られ島へ向かった。

Sの母は特に心配していた。

（東京の立派な大学を卒業したわが子が、何を好き好んでひどく離れた島に赴任しなければならないのか。教員希望はよいとして都内には採用されないのか）

そんなことを考える母に対して、ちょっと変わった体験も若いうちにしてみたいと思ったSは、自ら八丈高校を選んだ。しかし、改めて地図を広げて八丈島を見てみるとあまりに遠いので、少しひるむ気持ちが出てきた。伊豆大島のちょっと先くらいにしか考えていなかったSは、改めて自分が無謀だったかもしれないと思っていた。しかし、母にはそんな顔を見せるわけにはいかなかった。

羽田空港まで送りに来てくれた家族には、満面の笑みのままで別れたが、心は先の見えない不安とちょっとした後悔が渦巻いていた。

飛行機で着いた島の空港には、先輩の教員が迎えに来ていた。「ようこそS君」と書いた札を掲げていた。親切そうである。それだけで、Sのその日の不安の半分は解消された。

そして、その足で定時制主事の義勇の家に行くと言う。車に乗せられ、行く道々は林で覆われ、人家は見えない。しばらく車窓を見ていると、実は、その林の向こうに広い敷地と家が建っていることに気づいた。台風の通り道の島では、家が防風林で守られているのだ。石垣もあり、そこに椿も咲いていたり、きっと江戸の昔の集落はこんなだったのかな、とSは思っていた。初めての島の景色は、遠くへ来たことを感じさせたが、タイムマシーンで古風な時代に来たようにも感じられた。

（島に到着後いきなり上司の家に連れて行かれるとはどういうことか。それも先輩が同行して。何か、大切な訓示でも聞かされるのだろうか）

思いめぐらせているうちに到着した。広い敷地を持つ義勇の家も江戸時代の旧家の風情が感じられた。それもつかの間、そこにあったのは笑顔の義勇であった。

「ようこそ八丈島へ。まあ、上がりたまえ」

客間に通されると、そこには魚料理、山菜料理の山。地酒も用意されており、いきなりの歓迎会のようだ。このもてなし方、初めSは面食らったが、酔ううちにいろいろ見えてきた。そして、若い教員は皆リラックスして家族のようである。若い教員皆が義勇を父親のように慕っている。

＊　＊　＊

Sの歓迎会をさかのぼること二十年近く前、義勇が帰島し、高校の教員となった時、義勇はすでに三十九歳となっていた。当時も島の高校にやって来る新採用の教員との年齢差は十五、六はある。島出身の教員として、義勇は、島に初めてやって来た新任教員の教育係のような立場であった。

島に古くから伝わる独特の厚いおもてなしの心を義勇は大切にしていた。義勇は自宅を若い先生の宴会場にして開放していた。島には飲み屋、バー、料理屋もたくさんあるが、大学を出たばかりの若い教員が、そんなところに通いつめると島の狭い世界でろくなことにはならない。そんな理由で若い教員を気遣ってもいた。彼らの経済的な面でもメンタルな面でも、少しでも支えてやろう、と。なにしろ、若く独身の新米教員は、大学のあった都会とは違う世界に飛び込み、とんでもないカルチャーショックの中で寂しさを感じることは必至であろう。そんな思いやりが義勇にはあった。義勇は、家に地酒の芋焼酎の一斗甕を切らさぬよういつも置いていた。宴会中、酒が切れることはなかった。話し好き、宴会好きの義勇にとっても、まじめな話、くだらない話、いろいろな話を若い人と酒を交じえてした。飲むことは娯楽の少ない島では最高の楽しみでもあった。

＊　＊　＊

何かあれば、気楽に酒を交えて義勇に相談できる。

定時制主事となってからは、六、七名の定時制全教員が義勇の家に集合できるようになっていた。この雰囲気は、定時制教員組織という職場に一体感を与えた。問題を抱える生徒の多い定時制で、教員は学科の授業よりも生活指導という、答えが簡単には出ない問題に多く直面した。

教員組織は、ほとんどの場合、教務、生活指導、環境、渉外など、様々な業務が分担され行われることが多い。義勇が率いるここの定時制では、それぞれ分担はあるものの、教員一人では背負いきれない問題は教員全員で真剣に考え、取り組むという形ができていった。特に経験の浅い新任の教員にとって心強い雰囲気が形作られた。

勤務時間外に義勇の自宅に集まる以外に、教員室の真ん中にある大きな火鉢、というよりも大きな四角の高さのある囲炉裏のようなものだが、これもよい役割を果たしていた。この火鉢はもちろん冬の暖房のためにあるのだが、夏でもその周りに全員が集まれるような形になっており、気楽に意見の交換ができる雰囲気があった。

また、定例の職員会議とは別に、事例研究会という、生徒が抱える問題の事例を取り上げ、教員としてどんなアドバイスができるかを話し合う意見交換会も行われた。これも、義勇が指示したわけではなく、教員同士の議論の中で自主的に形成された研究会であった。研究会という形式ばかりでなく、火鉢の周りの雑談の中からもよい方向に向かうためのアイディアが出ることが多かった。

義勇が指示したわけではない、とは言うものの、義勇の日ごろの言動や行動が、若い教員に与えている影響は大きいものであった。

例えば、非行に走った生徒の指導は生活指導係の教員に任せればよくて、他の教員は自分の分掌に集中せよ、という考えも一般にはあるのかもしれない。しかし、この定時制という小さい組織の中で、教員の校務分掌を意識しすぎれば教員一人一人がばらばらになってしまう。このサイズの組織であれば、皆が一丸となって親身に生徒の問題を議論し、全教員で指導を行っていくことが重要であることを、義勇はいつも言っていた。

教員の一体感は、何と言っても生徒に安心感を与える。どの先生に相談しても親身になって答えてくれ、最良のアドバイスをしてくれたり、実際に共に行動してくれる先生は、生徒にとって頼れる存在ということになるだろう。

義勇が若い教員によく言っていたことは、生徒が教員に何か相談に来た時、教員はまず生徒のほうに体を向け、顔を見て真剣に聞いてやることが重要である、ということだった。教員は忙しい商売なので、自分の仕事をしながら、「何?　何だい?」と言うだけで、その生徒のほうも向かず、やっているデスクワークをやめずにやりとりしてしまうことも多い。それではだめなのだ。生徒のほうに体を向け、顔を見て話を聞いてやることが重要なのだ。

また、真剣に向き合ってやろうと思ったとして、もしも「ちょっと待ってな。今忙しいから、しばらく経ってから来てくれないか？」などと返事をしたら、生徒は、もういいや、という気になって二度と足を運ばないかもしれない。生徒のためにいる教員が、生徒と接すること以上にすぐにやることがあるのだろうか。ましてや、生徒のほうから近づいてきた時、それを待たせるのは教員の本分ではないだろう。

義勇は、その態度はまずいということを若い教員にいつも言っていた。生徒が先生に相談に来ることは大変なことで、それを教員が真正面で受け止めてくれなければ、先生への信頼をなくしてしまう。

義勇は、特に島の定時制の生徒たちは、壊れ物のように大切に扱う必要があることを若い教員に説いた。彼らは、義勇のこの言葉を、それこそ真正面から聞いていた。

そしていつも家族のように生活を共にするこの定時制の教員組織は、若い教員自体に大きな安心感と満足感を与え続けてくれた。そして、生徒にいつも寄り添うという義勇の教員としての姿勢は、若い教員たちに共有されるものとなった。

新任のS、初日の義勇の家での歓迎会以来、離島での初めての教職という不安は、この環境の中で、義勇および先輩教員のサポートで徐々に薄らいでいき、一学期が終わるころには、俺は教員に向いていると思うほどの自信をもたらした。母に語れることが山ほどできた。夏休みに実家に帰り、たくさん話をしたいと思った。

＊　＊　＊

Sのクラスに近頃欠席が続く気になる生徒がいた。山木和夫である。連絡もなく欠席しており、級友も誰一人、和夫の最近の消息を知らないという。和夫が昼間働いているはずの職場にSは電話してみたが、無断欠勤が続いているとのことで、こちらが怒られてしまいそうになった。

和夫の家にSは電話してみた。電話もなかなか通じなかったが、ようやく電話に出てくれた母親は、

「そうですか……あの子は、中学を出てからはずーっと家にもほとんど帰らず、どこ

にいるのやら」

と言うばかりで、話は通じなかった。

そうこうしている間に、体育担当のE先生も和夫が最近来ていないのに気づき、Sに聞いてきた。例の火鉢の前である。SはEに電話のことを話した。EはSに直接、和夫の家に家庭訪問をして、より詳しく実態を見てくるべきとアドバイスした。

こうしてSがこの問題を一人で抱えることはなかった。定時制の教員たちはいつも皆で考えを持ち寄ることができた。新任のSは、和夫の件を皆に相談しようと思っていたが、先にEから話しかけられてしまった。しかし、EのアドバイスはSも考えていたことで、そのことでSは自信をもって行動できた。

和夫の家は、定時制本校から一五キロ以上離れている坂上地区というところだ。山を越え、自転車で二時間近くはかかる。実はこの定時制には共用の古い乗用車もあるのだが、この半月あまり調子が悪くて修理中で戻っていなかった。

まだ残暑のきつい九月、Sは汗を拭き拭き、自転車で坂道を上り、気持ちよく坂を下り、ようやく山木の家を探し当てたどり着いた。

山木の家には、その時、両親は不在で妹が一人いた。庭からはきらきら光る太平洋が見えた。

(なんと美しいのだろう)

Sはその景色に見とれてしまった。

「兄ちゃんは時々帰ってくるけど、ここのところ全然会ってない。どこにいるかもわからない」

妹はこう言うばかりで、話にならなかった。それにしても、景色が素晴らしかった。しばらく、景色に見とれていたSは、せっかく峠を越えて会いに来たのだからと我に返り、気を取り直して、近くの農作業をしている人や機織りをしている人たちに、和夫のことを聞いて回ってみた。さらに、和夫の行方を知る人はいないか、近所の家の戸を叩いてもみた。その甲斐あって、少し山に入った空き家で和夫は寝起きをしているようだという情報が得られた。

浜木綿や雑草の生い茂る山への細道を踏み分け、その空き家に行ってみた。破れ障子のすきまに人の気配がある。声をかけてみると和夫がいた。山を越えてきた甲斐があったとSはうれしかった。夏休みに入る前から、和夫は休んでいたので、Sが和夫の顔を見るのは二か月ぶり以上であった。

Sは半分諦めかけていたので、和夫に会えたことは本当にうれしかった。

「学校にも来ないし、家にも、職場にもいないし、ずいぶん捜したぞ。ここに住んでいるのか？　ここで生活できているのか？」

Sは単刀直入に聞いてみた。和夫は一瞬押し黙っていたが、意外にも自分の思いをさらさらと話しだした。

ただ、先生であるSがここまで自分を捜してくれたことへの気遣いはなく、ましてや皆に心配をかけていてすまないとか、社会的な自分のふるまいは常識外れであることへの自覚はないように見えた。そのようなことを、学校や家庭や社会で学ばねばならないのだが。

Sの中でいろいろな思いが駆け巡ったが、今は静かに和夫の話を聞こうと思った。

「今は、天草の季節で、海に潜って天草を毟ったり、漁師の手伝いで時々船に乗せてもらい漁を手伝ったりで、すぐに二、三千円くらい稼げる。釣りをして食べる魚も手に入る」

　和夫はそう話し始めた。

「実家にいるより気楽だし、職場で上司にこき使われることもなく自由だし、多少不便はあるが、ここは俺にとって天国だよ」

「しかし、いつまでこの生活を続けるんだ？　学校の勉強はどうする？　もっとずっと先の将来のこととか考えているのか？」

　Sは尋ねた。

「ずっと、この生活は続けられるさ。海は広いし、漁師の手伝いはずっとできそうだし。勉強してなにになる？　だいたい勉強嫌いだし」

「でも、和夫なあ、今の君の年に勉強しておけば、いろいろな知識は身に付くし、将来もっとよい仕事にもつけるんだ」

「勉強すると、給料が少し上がるくらいじゃないか。事務の仕事は嫌いだし、商売や料理の仕事も好きじゃない。それより、この海風を胸いっぱいに吸えて、好きな天草取り、漁師の手伝い、気ままな暮らしで生きていけるから、のんびりの俺には一番向いているよ」

Sは素直な和夫の気持ちにはっとさせられるところもあった。

「でもさ、勉強すると、世の中もよく理解できるようになるし、向上できる」

「先生、向上って何？　天草取りとか漁に関係あんの？」

Sの心の中には、多くの言葉が、和夫を諭したい言葉が、駆け巡った。

「将来、好きな人ができ、結婚し、子供ができ、その子の将来などを考えた時、きっと勉強しておけばよかったと後悔することになるのでは。今、自分の生活に満足してしまうのではなく、少し我慢して学校に通ってみないか？　勉強してみて初めてわかることが、世の中にはいっぱいあるのだよ……」

Sはもっともっと話してやりたかった。すでに小一時間話し合ったが、きらきら光る海、心地よい海風と波の音、昼寝に丁度いい心鎮まる昼下がり、ゆったりと流れる時間。この素晴らしい自然に溶け込んだ和夫の美しい一時の生活の前で、Sが言おうとした言葉は、考えれば考えるほど和夫を説得できる力を持たないように感じた。

「わかった……それでもさ、勉強やる気になった時はいつでも戻って来いよ。待ってるよ。もう私は帰るけど、これから寒くなってくるから、体、大事にな」

破れ障子の門口に立ち、Ｓは和夫への最後の言葉を絞り出した。

和夫の住む空き家が見えなくなる曲がり角で振り返ると、和夫がまだこちらを見ていて手を振ってくれた。その向こうは傾いた太陽に照らされた太平洋がきらきらしていた。和夫が手を振ってくれたことで少しだけＳの心はなごんだ。

Ｓの自転車は、また峠を上り下り、西日を受けた帰り道の空は、どんどん赤くなっていった。

「勉強とは何？　向上とは何？」

和夫の言った言葉が、Ｓの心の中で繰り返されていた。

（本当の意味は何だろう）

Ｓも自問自答していた。

定時制の事例研究会で、Ｓはこのことを報告した。

「やれることはやったと思っています。しばらく待ってみようと思います」

先輩の教員も義勇も頷いてくれた。

結局、三か月経っても和夫は戻らなかった。

Sにとって、和夫の小屋で話した日は新米教員時代の苦くもなぜか美しく、脳裏に刻まれた情景になった。自分が無力だとも思った。ただ、和夫は戻らなかったにしても、彼に一瞬でも寄り添うことはできたのではないか、という自負はあった。そして、和夫もSが訪ねた日を一生記憶に残してくれているのではないかと思うのである。確信はないのだが――。

15　全定合同体育祭

都立八丈高校では、開校以来、全日制、定時制ともに同じ日に合同の体育祭や文化祭を開いていた。卒業式も合同で行っていた。合同で行事をやることは、様々な境遇で生きている生徒同士が交流することで、生徒相互にある種の良い影響を与え合っているものと義勇は考えていた。

Sが採用された同じ年、都立八丈高校の校長も異動があり、Uが校長として赴任してきた。丁度、四年後に定年を迎える年で、ここが最後の赴任校と思われた。Uは、赴任して半年ほど経つと、全日制と定時制合同で行っていた体育祭と文化祭を分けるという方針を打ち出した。

「本土の高校で全定合同でやるなどという学校は一校もない。本土に合わせようではないか」

Uのいきなりの申し出に、義勇はびっくりした。これまで島で長年やってきた、全定行事を合同でやることにメリットは感じられるものの、不都合な事項は見られなかったからだ。

U校長の意見は、定時制には年齢が異なる生徒がおり、大人として社会人として生活している者がいるわけで、未成年の全日制の生徒と一緒になって活動をすると教育上、不都合なことが起こる懸念がある。きめ細かい教育をするうえで、合同は問題が多い、ということのようであった。

義勇はほとんど納得はしていなかった。ネガティブな面だけを強調すれば、そのような懸念も考えられるかもしれないが、開校以来、二十年以上八丈高校は運動会や文化祭を合同でやってきて、なんの不都合も起きておらず、むしろ全日制、定時制といった分け隔てなく一つの高校として生徒たちが一体感を持てる行事であった。

島のことである。校内だけではなく島民も楽しみにしている一大行事である。また生徒数から考えると、定時制は総勢で八十名ほどしかおらず、全日制の華々しい行事の前後に別に行事をやるとなると、異様に小規模となり、島民の楽しみということでもなくなってしまうだろう。

全定の分離は、印象としては学校祭からの定時制の排除のように見えてくる。

義勇は長年、島で続いてきた合同行事をいきなり特別の理由もなく別々にすることは、なんとも理不尽に思えた。また、定時制の教員たちも大反対であった。しかし、校長の方針であれば、義勇の立場からは何ともしがたいことでもあった。


このU校長の意見には伏線があるように義勇は感じていた。

校長が赴任以降、全日制では、飲酒、喫煙などの不良行為があった生徒が次々と退学させられていた。不良行為を行った生徒に問題があるのは確かだが、刑事事件というわけでもなく、すぐに退学ではなく、諭旨や休学などの段階を経て更生の機会を与えるのが順序ではないか、と義勇は思っていた。

定時制の場合、校内での喫煙が見られる場合もあったが、もちろん、それだけで退学ということはしなかった。二十歳を過ぎた生徒もおり、校外の職場での喫煙習慣を持つ者もいたからだ。校内での喫煙者が見つかった場合、義勇の方針としては、決して校内では吸わないことを約束させ、それ以上の罰を与えるようなことはしていなかった。それでも、校内に吸い殻が落ちていることもあったが、教員、生徒ともに校内清掃をすることで暗黙の校内喫煙の抑止になっているようであった。

U校長は、このような義勇の方針が甘すぎると考えていた節があった。そのような小さな不祥事が必ずや大事件につながるから、定時制においても早めに芽を摘み取る意味で、そのような生徒は校外に葬り去るほうがよいということであった。

義勇は、これには真っ向から反対した。

「それでは教員ではなく警察ではないか。学校は教育をするところであろう。特に、このような狭い島の中では、高校退学というレッテルは島にいる限り、その生徒に一生ついて回るもので、いつも後ろ指を指されていると感じてしまうだろう。ちょっとした教員の努力で、その子供の一生を支えてやることもできるではないか」

U校長のやり方は、教育者という立場からは遠く、自分が管理する組織では不祥事は絶対に起こさせないということに凝り固まっているように見えた。U校長の残り少ない現役在職期間を問題なく過ごすことで自分の経歴に傷をつけないよう、すなわち退職金減額は絶対避けたいというような、事なかれ主義的な振舞であることは、口には出さないが誰の目にも透けて見えた。

義勇がU校長に意見して後、義勇について、U校長は中学の校長らを前にして、定時制主事の義勇は甘すぎて、悪い子供がさらに悪くなる恐れさえある、まずい教育をしている旨の講演をしたと言う。しかし、昔から義勇を知る中学の校長たちからは、Uの下心が透けて見えるばかりで、その講演がUの評判を下げることはあっても上げることはなかった。

このような伏線の下で、U校長は、定時制と全日制、合同で行っていた行事を分けるという方針を打ち出した。

校長の意思は固いようで、義勇たち定時制教員は全員が反対であったが、覆すことは難しかった。この方針が、全校生徒に発表されたが、特に定時制の生徒たちはまったく納得しなかった。

そして、起こるべきことが起こった。

ある休日の晩、義勇の家に電話がかかってきた。U校長からであった。

校長の自宅に、定時制の生徒たちが数人やって来て、行事を全日制と分けることに抗議をしていると言うのである。義勇は取るものもとりあえず、校長宅へ出向いた。

そこには、確かにいつもリーダー的存在で、時々暴走してしまうTが四、五人の仲間を連れて来ていた。

校長は青白い顔で、やや興奮していた。

「この子たちの教育はどうなっているんだ、三浦先生！　まったく教師に対する言葉使いではなく、まるでやくざのように私に抗議をしているんだ。まずは礼儀を教えなければいけない」

校長は震える声で義勇に言った。

「いや、島の方言の問題もあり、U先生には乱暴に聞こえたのかもしれないが、この子たちは楽しくやっていた合同の行事を分離されたことで、憤慨しているだけですよ」

義勇は、すでに行事分離問題に対する生徒の気持ちを何度も聞いていたので、冷静に校長に説明した。そこでTたちに向かって言った。

「Tなあ、こんな夜に校長の家《うち》を突然訪ね、いきなり抗議をするのは少しまずいかな。君たちが理不尽に思う気持ちはよーくわかる。この件については私に預からせてくれないか。校長先生の意思は固いようだから覆ることは難しいと思うが、君らの気持ちを十分に伝えるから」

Tたちは、義勇がいつも生徒に寄り添ってくれる教師だということは、十分に理解していた。Tは、義勇が来てくれて校長と話をするということを、校長がいる前で約束してくれたことで、少し気が治まったのか、義勇に任せるということで仲間と帰って行った。

興奮していたのはU校長のほうで、Tたちの行為は退学に値するなどと言っている。

「Tたちは暴力を振るったのでしょうか？」

義勇は校長に尋ねた。

「いや、しかし、校長の私に対して今にも掴みかかろうとしていたし、あの言葉だけでも十分暴力であり、退学ものですよ」

U校長はまだ興奮しているのか、昂った声で義勇にまくしたてた。義勇は落ち着いて答えた。

「U先生、定時制の子供たちは、小さい時から少なくとも経済的に恵まれておらず、人との接し方ももちろん未熟なのです。口の利き方も、定時制教育の中でこれから教えていかねばなりません。また、そんな境遇から、どうしても劣等感を覚える生徒も多く、今回の全日制定時制の行事分離について、差別されているととらえて、一部生徒はどうしてもこの措置が許せないと感じてしまっているんです。彼らは、本当に心優しい、気のいい生徒ですが、それを支えている精神は、本当に壊れやすく、ガラス細工のようなものなのです。ただ、そういう生徒たちでも、生徒にきちんと寄り添う教師の努力で、立派な大人に育っていくのは、私が定時制で十数年見届けてきています。今、ここで何か問題があることで、すぐに退学などの処分をし、見放すことは簡単です。でも、処分された彼ら一人一人の今後の人生はどうなるでしょう。皆、教師のちょっとした努力で救えるんです」

義勇は、落ち着いて思うところをU校長に話していたが、心の底では、ひどく憤っていた。U校長の理不尽な措置や生徒への対応の仕方は、とても教師とは思えない。本音を言えば、一発殴り倒してやりたい衝動がうず巻いていた。しかし、義勇はその衝動を抑えるのに十分な理性のある熟年教師であった。

その後、何度か、U校長からTの処分はどうなったかなどの問い合わせがあったが、義勇は断固として彼らを守った。ただ、U校長の全定行事分離の意向を変えることはできず、定時制の行事は切り離された。

＊　＊　＊

後年、義勇は、これら全定行事分離の顛末などを、機会あるごとに新しい教員らに話し、都会の高校と島の高校を取り巻く環境の違い、そこから、島の生活に合った行事のあり方があり、都会の高校と一律に同じシステムにすることへの疑問を問い続けた。そして定年退職後、都立八丈高校創立二十五周年記念誌にも、定時制教育史の中に最も印象的な事件として書き留めた。もちろん、U校長を貶めるようなことは書かなかったが、島での全定行事分離事件として、多くの読者の共感、反応はあったようである。それらが功を奏したかどうかはわからないが、それから数十年後、都立八丈高校の体育祭は全定合同開催が復活したという。

16　エピローグ

昭和四十七年三月、義勇は定年退職した。

その秋、思いもかけないことに、義勇とともに定時制教育に邁進した先生たち、すでに八丈島を離れ都内で教員をしているかつての仲間を含めて、義勇と都美子に対して退職記念旅行のプレゼントがあった。行先は飛騨高山。

義勇は恐縮はしたものの、ありがたく受け止め、夫婦で旅行に出かけた。

特に都美子にとっては、島に連れて来られて以来の本格的な旅行であった。

義勇が島の教員になって以降、若い先生たちがいつも家に入りびたり、酒のつまみをいつも用意しなければならず、まるで居酒屋のおかみのように、または多数の息子の母親のように働いてきた。

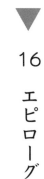

そして家計はいつも火の車。若い先生方の居場所を提供するばかりでなく、子供たちの教育費も大きな負担であった。不二子、広、その後生まれた次女の真佐子、三人の子供たちを何不自由なく過ごせるよう育て、皆を東京の大学へと進学させたため、子供たちへの仕送りも欠かせず、家計の貯えなどほとんどなかった。

義勇は経済的なことについては無頓着で、都美子に任せきりであったが、都美子も最低限暮らせればよいというようなのんきな性格で、余暇の旅行など考えたこともなかった。

南国の島とは対照的な、落ち着いた高山の町の滞在は、義勇と都美子の長年の苦労を洗い流してくれた。

いや、義勇は苦労とは思っていなかった。楽しいことも誇らしいこともたくさんあった。三十九歳で教員となり、わずか二十一年間の短い教員生活であった。島の子供たちを思い、若い教員たちを思い、常に良かれと思うことを日々積み重ねてきた。

戦前から戦後にかけて、教員以外の様々な経験も教員としての義勇を形成するうえで無駄なことではなかった。義勇に広い視野をもたらした貴重な道程であった。やはり、教員をするために生まれてきたのかもしれない、と義勇は思った。

定年退職にあたって、Sから手紙をもらった。

Sはすでに数年前、島を離れ、現在は都内の高校に務めていた。

Sの手紙には、「現在の都内の高校では教員間のつながりはうすく、チームとしての教員組織が形として組み立てられているとしても、理想に向かって行動しようとする教員はいないように感じる。八丈高校の定時制は特殊な例かもしれないが、主事先生を始め尊敬できる先生方が多くいて、一丸となって生徒の教育のために励んでいた。私にとっては重要な体験で今後教員として進んで行く私自身の心のベースとなっている。テレビドラマ『太陽にほえろ』を見ていたら、昔の定時制の教員チームとドラマの特殊任務チームが重なって、当時のことを誇らしく思い出した」と綴られていた。

義勇は、高山の旅館の大浴場で顎まで湯に浸かりながら、いろいろなことが思い出され、ふと涙を流してしまった。

＊　＊　＊

定年後、義勇は島の行政から推され、町の教育長となった。毎日、町役場に通勤した。家から町役場までは徒歩で十分ほどである。

島で一番広い都道を歩いていると、前から大型トラックが走ってきて突然、義勇の横で停車した。

「先生！　おはようございます！」

運転席の窓を開け顔を出したのは、あのかなりの問題児であったTである。

数年前、U校長が「退学にしろ」と言い、義勇が守り抜き、きちんと卒業していったあのTである。

「おー、久しぶりだな。元気でやってるな」

義勇は手を振ると、Tは軽く会釈をし、トラックはまた動き出した。

「その節はお世話になりました」でもなく、「先生、お元気そうでなによりです」でもなく、相変わらずうまいことは言えないようなTであったが、わざわざ停車して義勇に挨拶をしてくれただけで、言葉以上の彼の気持ちが義勇には十分伝わった。

義勇の胸にまた熱いものがこみ上げてきた。

舗装されたばかりの朝の都道を疾走し、去っていくTのトラックを見送った。

完

参考文献

吉見奈月「私の祖母。」（東京造形大学卒業制作）（二〇〇七）
佐藤雅義『八丈島おじゃれよ、望郷讃歌』文芸社（二〇〇八）

著者プロフィール

宇世知 茎（うよち けい）

1949年群馬県生まれ

本籍：東京都八丈町

生命科学者

離島無常

2023年8月15日　初版第1刷発行

著　者　宇世知 茎

発行者　瓜谷 綱延

発行所　株式会社文芸社

〒160-0022　東京都新宿区新宿1－10－1

電話　03-5369-3060（代表）

03-5369-2299（販売）

印刷所　株式会社フクイン

ISBN978-4-286-24323-8